周作人作品精選3

經典新版

苦茶隨筆

周作人

周作人——著

總序

文學星座中，璀璨不亞於魯迅的周作人

朱墨菲

每個時代都會有特別具有代表性、令人們特別懷想的人物，在新文學領域，周作人無疑就是其中一個。身為大文豪魯迅之弟，兩兄弟在文壇可說是各領風騷，各自綻放著不同的光芒。

作為五四新文化運動的一員，周作人在中國文學上的影響力絕對具有舉足輕重的地位，時值新舊文化交替之際，面對西方思潮的來襲，多數讀書人或抱殘守缺，或媚外崇洋，在劇烈的文化衝擊中，許多受過西方教育的學子如胡適、錢玄同、蔡元培、林語堂等，紛紛投入這股新文化浪潮中。

周作人脫穎而出，被譽為是「五四」以降最負盛名的散文及文學翻譯家，他以「對性靈的表達乃為言志」的理念，創造了獨樹一格的寫作風格，充滿靈性，看似平凡卻處處透著玄妙的人生韻味，清新的文風立即風靡一時，更迅速形成一大流派「言志派」，在中國文學史上留下了不可抹滅的一筆。郁達夫曾說：「中國現代散文的成績，以魯迅、周作人兩人的為最豐富最偉大，我平時的偏嗜，亦以此二人的散文為最所溺愛。一經開選，如竊賊入了阿拉伯的寶庫，東張西望，簡直迷了我取去的判斷。」陳之藩是散文大師，他特地強調胡適晚年不止一次跟他說：「到現在值得一看的，只有周作人的東西了。」可見周作人散文之優美意境。

處在動盪年代的周作人，亦可說是時代的見證人，年少時赴日求學，精通日語，讓他對日本文化有深刻的觀察，而後又親身經歷了中國近代史上諸多重要歷史事件，如鑑湖女俠秋瑾、徐錫麟等的革命活動、辛亥革命、張勳復辟等，他一生的形跡記錄即是重要史料，從他的《知堂回想錄》書中即可探知一二。而他晚年撰寫的《魯迅的故家》、《魯迅的青年時代》等回憶文章，更為研究魯迅的讀者提供了許多寶貴的第一手資料。

對世人來說，周作人也許不是個討喜的人，因為他從來都不是隨俗附和的人，他只說自己想說的話，一生奉行的就是孔子所強調的「知之為知之，不知為不知，是知也」的理念，這使他的文章中充滿了濃濃的自由主義，並形成他日後以「人的文學」為概念，跳脫傳統窠臼，更自號「知堂」之故。在《知堂回想錄》的後序中，周作人自陳：「我是一個庸人，就是極普通的中國人，並不是什麼文人學士，只因偶然的關係，活得長了，見聞也就多了些，譬如一個旅人，走了許多路程，經歷可以談談，有人說『講你的故事罷』，也就講些，也都是平凡的事情和道理。」

也許，在諸多文豪的光環下，在世人傳說的紛擾下，他的文學地位一度有明珠蒙塵之虞，本社因而在他去世五十年之際，特將他的文集重新整理出版，包括他最知名的回憶錄《知堂回想錄》以及散文集《自己的園地》、《雨天的書》、《談龍集》、《談虎集》、《看雲集》、《苦茶隨筆》等，使讀者從他的著作中可以更加了解一代文學巨匠的內心世界，品味他的文字之美。

苦茶隨筆

目錄——

第二卷　書緣

第三卷　情紀

苦茶隨筆

目錄——

第四卷　運數

第五卷　別裁

第一卷　茶意

小引

《困學紀聞》卷十八評詩有一節云：

「忍過事堪喜，杜牧之《遣興》詩也，呂居仁《官箴》引此誤以為少陵。」

翁注引《官箴》原文云：

「忍之一字，眾妙之門，當官處事，尤是先務，若能於清謹勤之外更行一忍，何事不辦。《書》曰，必有忍其乃有濟。此處事之本也。諺曰，忍事敵災星。少陵詩曰，忍過事堪喜。此皆切於事理，非空言也。王沂公常言，吃得三斗釅醋方做得宰相，蓋言忍受得事。」

中國對於忍的說法似有儒釋道三派，而以釋家所說為最佳。《翻譯名義集》卷七《辨六度法篇》第四十四云：

「羼提，此云安忍。《法界次第》云，秦言忍辱，內心能安忍外所辱境，故名忍辱。忍辱有二種，一者生忍，二者法忍。云何名生忍？生忍有二種，一於恭敬供養中能忍不著，則不生憍逸，二於瞋罵打害中能忍，則不生瞋恨怨惱。是為生忍。云何名法忍？法忍有二種，一者非心法，謂寒熱風雨饑渴老病死等，二者心法，謂瞋恚憂愁疑淫欲憍慢諸邪見等。菩薩於此二法能忍不動，是名法忍。」

《諸經要集》卷十下，六度部第十八之三，《忍辱篇》述意緣第一云：

「蓋聞忍之為德最是尊上，持戒苦行所不能及，是以羼提比丘被刑殘而不恨，忍辱仙主受割截而無瞋。且慈悲之道救拔為先，菩薩之懷潛惻為用，常應遍遊地獄，代其受苦，廣度眾生，施以安樂，豈容微有觸惱，大生瞋恨，乃至角眼相看，惡聲厲色，遂加杖木，結恨成怨。」這位沙門道世的話比較地說得不完備，但是辭句鮮明，意氣發揚，也有一種特色。

勸忍緣第二引《成實論》云：

「惡口罵辱，小人不堪，如石雨鳥。惡口罵詈，大人堪受，如華雨象。」二語大有六朝風趣，自然又高出一頭地了。中國儒家的說法當然以孔孟為宗，《論語》上的「小不忍則亂大謀」似乎可以作為代表，他們大概並不以忍辱本身為有價值，不過為要達到某一目的姑以此作為手段罷了。最顯著的例是越王句踐，其次是韓信，再其次是張公藝，他為的要勉強糊住那九世同居的局面，所以只好寫一百個忍字，去貼上一張大水膏藥了。

道家的祖師原是莊老，要挑簡單的話來概括一下，我想《陰符經》的「安莫安於忍辱」這一句倒是還適當的吧。他的使徒可以推舉唐朝婁師德婁中堂出來做領班。其目的本在苟全性命於亂世，忍辱也只是手段，但與有大謀的相比較就顯見得很有不同了。要說積極的好，那麼儒家的忍自然較為可取，不過凡事皆有流弊，這也不是例外，蓋一切鑽狗洞以求富貴者都可以說是這一派的末流也。

且不管儒釋道三家的優劣怎樣，我所覺得有趣味的是杜牧之他何以也感到忍過事堪喜？我們心目中的小杜彷彿是一位風流才子，是一個堂（Don Juan），該是無憂無慮地過了一世的吧。據《全唐詩話》卷四云：

「牧不拘細行，故詩有十年一覺揚州夢，贏得青樓薄倖名。」

又《唐才子傳》卷六云：

「牧美容姿，好歌舞，風情頗張，不能自遏。時淮南稱繁盛，不減京華，且多名姬絕色，牧恣心賞，牛相收街吏報杜書記平安帖子至盈篋。」

這樣子似乎很是闊氣了，雖然有時候也難免有不如意事，如傳聞的那首詩云：「自恨尋芳去較遲，不須惆悵怨芳時，如今風擺花狼藉，綠葉成陰子滿枝。」但是，這次是失意，也還是風流，老實說，詩卻並不佳。

他什麼時候又怎麼地忍過，而且還留下這樣的一句詩可以收入《官箴》裡去的呢？這個我不能知道，也不知道他的忍是那一家派的。可是這句詩我卻以為是好的，也覺得很喜歡，去年還在日本片瀨地方花了二十錢燒了一隻小花瓶，用藍筆題字曰：

「忍過事堪喜。甲戌八月十日於江之島，書杜牧之句制此。知堂。」瓶底畫一長方印，文曰，「苦茶庵自用品。」這個花瓶現在就擱在書房的南窗下。

我為什麼愛這一句詩呢？人家的事情不能知道，自己的總該明白吧。自知不是容易事，但也還想努力。我不是尊奉它作格言，我是賞識它的境界。這有如吃苦茶。苦茶並不是好吃的，平常的茶小孩也要到十幾歲才肯喝，咽一口釅茶覺得爽快，這是大人的可憐處。人生的「苦甜」，如古希臘女詩人之稱戀愛，《詩》云，誰謂茶苦，其甘如薺。這句老話來得恰好。中國萬事真真是「古已有之」，此所以大有意思歟。

中華民國二十四年八月十五日，於北平苦竹齋，知堂記。

關於苦茶

去年春天偶然做了兩首打油詩，不意在上海引起了一點風波，大約可以與今年所謂中國本位的文化宣言相比，不過有這差別，前者大家以為是亡國之音，後者則是國家將興必有禎祥罷了。此外也有人把打油詩拿來當作歷史傳記讀，如字的加以檢討，或者說玩骨董那必然有些鐘鼎書畫吧，或者又相信我專喜談鬼，差不多是蒲留仙一流人。這些看法都並無什麼用意，也於名譽無損，用不著聲明更正，不過與事實相遠這一節總是可以奉告的。

其次有一件相像的事，但是卻頗愉快的，一位友人因為記起吃苦茶的那句話，順便買了一包特種的茶葉拿來送我。這是我很熟的一個朋友，我感謝他的好意，可是這茶實在太苦，我終於沒有能夠多吃。

據朋友說這叫作苦丁茶。我去查書，只在日本書上查到一點，云係山茶科的常綠灌木，幹粗，葉亦大，長至三四寸，晚秋葉腋開白花，自生山地間，日本名曰唐茶（Tocha），一名龜甲茶，漢名皋蘆，亦云苦丁。

趙學敏《本草拾遺》卷六云：

「角刺茶，出徽州。土人二三月採茶時兼採大功勞葉，俗名老鼠刺，葉曰苦丁，和勻同炒，焙成茶，貨與尼庵，轉售富家婦女，云婦人服之終身不孕，為斷產第一妙藥也。每斤銀八錢。」

案十大功勞與老鼠刺均係五加皮樹的別名，屬於五加科，又是落葉灌木，雖亦有苦丁之名，可以製茶，似與上文所說不是一物，況且友人也不說這茶喝了可以節育的。

再查類書關於皋蘆卻有幾條，《廣州記》云：

「皋盧，茗之別名，葉大而澀，南人以為飲。」

又《茶經》有類似的話云：

「南方有瓜蘆木，亦似茗，至苦澀，取為屑茶飲亦可通夜不眠。」

《南越志》則云：「茗苦澀，亦謂之過羅。」此木蓋出於南方，不見經傳，皋盧云云本係土俗名，各書記錄其音耳。

但是這是怎樣的一種植物呢，書上都未說及，我只好從茶壺裡去拿出一片葉子來，彷彿製臘葉似的弄得乾燥平直了，仔細看時，我認得這乃是故鄉常種的一種墳頭樹，方言稱作枸朴樹的就是，葉長二寸，寬一寸二分，邊有細鋸齒，其形狀的確有點像龜殼。

原來這可以泡茶吃的，雖然味大苦澀，不但我不能多吃，便是且將就齋主人也只喝了兩口，要求泡別的茶吃了。但是我很覺得有興趣，不知道在白菊花以外還有些什麼葉子可以當茶？《毛詩草木鳥獸蟲魚疏》山有栲一條下云：

「山樗生山中，與下田樗大略無異，葉似差狹耳，吳人以其葉為茗。」《五雜組》卷十一云：

「以菉豆微炒，投沸湯中傾之，其色正綠，香味亦不減新茗，宿村中覓茗不得者可以此代。」此與現今炒黑豆作咖啡正是一樣。

又云：

「北方柳芽初茁者採之入湯，云其味勝茶。曲阜孔林楷木其芽可烹。閩中佛手柑橄欖為湯，飲之清香，色味亦旗槍之亞也。」

卷十記孔林楷木條下云：

「其芽香苦，可烹以代茗，亦可乾而茹之，即俗云黃連頭。」孔林吾未得瞻仰，不知楷木為何如樹，唯黃連頭則少時嘗茹之，且頗喜歡吃，以為有福建橄欖豉之風味也。

關於以木芽代茶，《湖雅》卷二亦有二則云：

「桑芽茶，案山中有木俗名新桑荑，採嫩芽可代茗，非蠶所食之桑也。柳芽茶，案柳芽亦採以代茗，嫩碧可愛，有色而無香味。」

汪謝城此處所說與謝在杭不同，但不佞卻有點左袒汪君，因為其味勝茶的說法覺得不大靠得住也。

許多東西都可以代茶，咖啡等洋貨還在其外，可是我只感到好玩，有這些花樣，至於我自己還只覺得茶好，而且茶也以綠的為限，紅茶以至香片嫌其近於咖啡，這也別無多大道理，單因為從小在家裡吃慣本山茶葉耳。口渴了要喝水，水裡照例泡進茶葉去，吃慣了就成了規矩，如此而已。

對於茶有什麼特別瞭解，賞識，哲學或主義麼？這未必然。一定喜歡苦茶，非苦的不喝麼？這也未必然。那麼為什麼詩裡那麼說，為什麼又叫作庵名，豈不是假話麼？那也未必然。今世雖不出家亦不打誑語。必要說明，還是去小學上找罷。

吾友沈兼士先生有詩為證，題曰「又和一首自調」，此係後半首也：

端透於今變澄澈　魚模自古讀歌麻

眼前一例君須記　茶苦原來即苦茶

（二十四年二月）

骨董小記

從前偶然做了兩首打油詩，其中有一句云，老去無端玩骨董，有些朋友便真以為我有些好古董，或者還說有古玩一架之多。我自己也有點不大相信了，在苦雨齋裡仔細一查，果然西南角上有一個書廚，架上放著好些——玩意兒。

這書廚的格子窄而且深，全廚寬只一公尺三五，卻分作三份，每份六格，每格深二三公分，放了「四六判」的書本以外大抵還可空餘八公分，這點地方我就利用了來陳列小小的玩具。

這總計起來有二十四件，現在列記於下。

一，竹製黑貓一，高七公分，寬三公分。竹製龍舟一，高八公分，長七公分，是一個友人從長崎買來送我的。竹木製香爐各一，大的高十公分，小者六公分，都從東安市場南門內攤上買來。

二，土木製偶人共九，均日本新製，有雛人形，博多人形，仿御所人形各種，有「暫」，「鳥邊山」，「道成寺」各景，高自三至十六公分。松竹梅土製白公雞一，高三公分。

三，面人三，隆福寺街某氏所製，魁星高六公分，孟浩然連所跨毛驢共高四公分，長眉大仙高四公分，孟浩然後有小童杖頭挑壺盧隨行，後有石壁，外加玻璃盒，價共四角。擱在齋頭已將一年，面人幸各無恙，即大仙細如蛛絲的白眉亦尚如故，真可謂難得也。

四，陶製舟一，高六公分，長十二公分，底有印曰一休庵。篷作草苫，可以除去，其中可裝柳木小剔牙籤，船頭列珊瑚一把，蓋係「寶船」也。又貝殼舟一，像舟人著蓑笠持篙立筏上，以八稜牙貝九個，三貝相套為一列，三列成筏，以瓦楞子作蓑，梅花貝作笠，黃核貝作舟人的身子，篙乃竹枝。今年八月遊江之島，以十五錢買得之，雖不及在小湊所買貝人形「挑水」之佳，卻也別有風致，蓋挑水似豔麗的人物畫，而此船則是水墨山水中景物也。

五，古明器四，碓灶豬人各一也。碓高二公分，寬四公分，長十三公分。灶高八公分半，寬九公分。豬高五公分，長十一公分。人高十二公分。大抵都是唐代製品，在洛陽出土的。

又自製陶器花瓶一，高八公分，中徑八公分，上下均稍小，題字曰：忍過事堪喜。甲戌八月十日在江之島書杜牧之句製此，知堂。底長方格內文曰，苦茶庵自用品。其實這是在江之島對岸的片瀨所製，在素坯上以破筆蘸藍寫字，當場現燒，價二十錢也。

六，方銅鏡一，高廣各十一公分，背有正書銘十六字，文曰：既虛其中，亦方其外，一塵不染，萬物皆備。其下一長方印，篆文曰薛晉侯造。

總算起來，只有明器和這鏡可以說是古董。薛晉侯鏡之外還有一面，雖然沒有放在這一起，也是我所喜歡的。鏡作葵花八瓣形，直徑寬處十一公分半，中央有長方格，銘兩行曰：湖州石十五郎煉銅照子。明器自羅振玉的圖錄後已著於錄，薛石的鏡子更是文獻足徵了。

汪曰楨《湖雅》卷九云：

「《烏程劉志》：湖之薛鏡馳名，薛杭人而業於湖，以磨鏡必用湖水為佳。

案薛名晉侯，字惠公，明人，向時稱薛惠公老店，在府治南宣化坊。」

又云：

「《西吳枝乘》：鏡以吳興為良，其水清冽能發光也。予在婺源購得一鏡，水銀血斑滿面，開之止半面，光如上弦之月。背鑄字兩行云，湖州石十三郎自照青銅監子，十二字，乃唐宋殉葬之物也。鏡以監子名，甚奇。案宋人避敬字嫌名，改鏡曰照子，亦曰鑑子，監即鑑之省文，何足為異。此必宋製，與唐無涉，且明云自照，乃生時所用，亦非殉葬物也。」

梁廷枏《藤花亭鏡譜》卷四亦已錄有石氏製鏡，文曰：

「南唐石十姐鏡：葵花六瓣，全體平素，右作方格而中分之，識分兩行，凡十有二字，正書，曰，湖州石十姐摹練銅作此照子。予嘗見姚雪逸司馬衡藏一器，有柄，識曰，湖州石念二叔照子。又見兩拓本，一云，湖州石十五郎煉銅照子，一云，湖州石十四郎作照子，並與此大同小異，此云十姐，則石氏兄弟姊妹咸擅此技矣。云照子者亦唯石氏有之，古不過稱鑑稱鏡而已。石氏南唐人，據姚司馬考之如此。」南唐人本無避宋諱之理，且湖州在宋前也屬於吳越，不屬南唐，梁氏自己亦以為疑，但深信姚司馬考據必有所本，定為南唐，未免是千慮一失了。

但是我總還不很明白骨董究竟應該具什麼條件。據說骨董原來只是說古器物，那麼凡是古時的器物便都是的，雖然這時間的問題也還有點麻煩。例如巨鹿出土的宋大觀年代的器物當然可以算作骨董了，那些陶器大家都知寶藏，然而午門樓上的板桌和板椅真是歷史上的很好材料，卻總沒法去放在書房裡做裝飾，固然難找得第二副，就是想放也是枉然。

由此看來，古器物中顯然可以分兩部分，一是古物，二仍是古物，但較小而可玩者，因此就常被稱為古玩者是也。鏡與明器大抵可以列入古玩之部罷，其餘那些玩物，可玩而不古，那麼當然難以冒扳華宗了。

古玩的趣味，在普通玩物之上又加上幾種分子。其一是古。古的好處何在，各人說法不同，要看他是那一類的人。假如這是宗教家派的復古家，古之所以可貴者便因其與理想的天國相近。假如這是科學家派的考古家，他便覺得高興，能夠在這些遺物上窺見古時生活的一瞥。不佞並不敢自附於那一派，如所願則還在那別無高古的理想與熱烈的情感的第二種人。我們看了宋明的鏡子未必推測古美人的梳頭勻面，「頗涉遐想」，但藉此知道那時照影用的是有這一種式樣，就得滿足，於形色花樣之外又增加一點興味罷了。

再說古玩的價值其二是稀。物以稀為貴，現存的店鋪還要標明只此一家以見其名貴，何況古物，書誇孤本，正是應該。不過在這一點上我不甚贊同，因為我所有的都是常有多有的貨色，大抵到每一個古董攤頭去一張望即可發見有類似品的。

此外或者還可添加一條，其三是貴。稀則必貴，此一理也。貴則必好，大官富賈買古物如金剛寶石然，此又一理也。若不佞則無從措辭矣，贊成乎？無錢；反對乎？殆若酸蒲桃。

總而言之，我所有的雖也難說賤卻也決不貴。明器在國初幾乎滿街皆是，一個一隻洋耳，鏡則都在紹興從大坊口至三埭街一帶地方得來，在銅店櫃頭雜置舊鎖鑰匙小件銅器的匣中檢出，價約四角至六角之譜，其為我買來而不至被烊改作銅火爐者，蓋偶然也。然亦有較貴者，小偷阿桂攜來一鏡，背作月宮圖，以一元買得，此鏡《藤花亭鏡譜》亦著錄，定為唐製，但今已失去。

玩骨董者應具何種條件？此亦一問題也。或曰，其人應極舊。如是則表裡統一，可以養性。或曰，其人須極新。如是則世間諒解，可以免罵。此二說恐怕都有道理，不佞不能速斷。但是，如果二說成立其一，於不佞皆大不利，無此資格而玩骨董，不佞亦自知其不可矣。

（二十三年十月）

論語小記

近來拿出《論語》來讀，這或者由於聽見南方讀經之喊聲甚高的緣故，或者不是，都難說。我是讀過四書五經的，至少《大》《中》《論》《孟》《易》《書》《詩》這幾部都曾經背誦過，前後總有八年天天與聖經賢傳為伍，現今來清算一下，到底於我有什麼好處呢？這個我恐怕要使得熱誠的儒教徒聽了失望，實在沒有什麼。現在只說《論語》。

我把《論語》白文重讀一遍，所得的印象只是平淡無奇四字。這四個字好像是一個盾，有他的兩面，一面凸的是切實，一面凹的是空虛。我覺得在《論語》裡孔子壓根兒只是個哲人，不是全知全能的教主，雖然後世的儒教徒要奉他做祖師，我總以為他不是耶穌而是梭格拉底之流亞。

《論語》二十篇所說多是做人處世的道理，不談鬼神，不談靈魂，不言性與天道，所以是切實，但是這裡有好思想也是屬於持身接物的，可以供後人的取法，卻不能定作天經地義的教條，更沒有什麼政治哲學的精義，可以治國平天下，假如從這邊去看，那麼正是空虛了。平淡無奇，我憑了這個覺得《論語》仍可一讀，足供常識完具的青年之參考。至於以為聖書則可不必，太陽底下本無聖書，非我之單看不起《論語》也。

一部《論語》中有好些話都說得很好，我所喜歡的是這幾節。其一是《為政》第二的一章：

「子曰，由，誨汝知之乎，知之為知之，不知為不知，是知也。」

其二是《陽貨》第十七的一章：

「子曰，予欲無言。子貢曰，子如不言，則小子何述焉？子曰，天何言哉，四時行焉，百物生焉，天何言哉。」太炎先生《廣論語駢枝》引《釋文》，魯讀天為夫，「言夫者即斥四時行百物生為言，不設主宰，義似更遠。」無論如何，這一章的意思我總覺得是很好的。

又《公冶長》第五云：

「顏淵季路侍，子曰，盍各言爾志。子路曰，願車馬衣輕裘，與朋友共，敝之而無憾。顏淵曰，願無伐善，無施勞。子路曰，願聞子之志。子曰，老者安之，朋友信之，少者懷之。」

我喜歡這一章，與其說是因為思想還不如說因為它的境界好。師弟三人閒居述志，並不像後來文人的說大話，動不動就是攬轡澄清，現在卻只是老老實實地說說自己的願望，雖有大小廣狹之不同，其志在博施濟眾則無異，而說得那麼質素，又各有分寸，恰如其人，此正是妙文也。

我以為此一章可以見孔門的真氣象，至為難得，如《先進》末篇子路曾皙冉有公西華侍坐那一章便不能及。

此外有兩章，我讀了覺得頗有詩趣，其一《述而》第七云：

「子曰，飯疏食飲水，曲肱而枕之，樂亦在其中矣。不義而富且貴，於我如浮雲。」

其二《子罕》第九云：

「子在川上曰，逝者如斯夫，不舍晝夜。」本來這種文章如在《莊子》等別的書裡，並不算希奇，但是在《論語》中卻不可多得了。朱注已忘記，大家說他此段注得好，但其中彷彿說什麼道體之本然，這個我就不懂，所以不敢恭維了。

《微子》第十八中又有一章狠特別的文章云：

「大師摯適齊，亞飯幹適楚，三飯繚適蔡，四飯缺適秦，鼓方叔入於河，播鞀武入於漢，少師陽擊磬襄入於海。」不曉得為什麼緣故，我在小時候讀《論語》讀到這一章，很感到一種悲涼之氣，彷彿是大觀園末期，賈母死後，一班女人都風流雲散了的樣子。這回重讀，仍舊有那麼樣的一種印象，我前後讀《論語》相去將有四十年之譜，當初的印象保存到現在的大約就只這一點了罷。

其次那時我所感到興趣的是記隱逸的那幾節，如《憲問》第十四云：

「子路宿於石門。晨門曰，奚自？子路曰，自孔氏。曰，是知其不可而為之者與。子擊磬於衛。有荷蕢而過孔氏之門者，曰，有心哉，擊磬乎！既而曰，鄙哉，硜硜乎，莫己知也，斯已而已矣。深則厲，淺則揭。子曰，果哉，末之難矣。」

又《微子》第十八云：

「楚狂接輿歌而過孔子之門，曰，鳳兮鳳兮，何德之衰。往者不可諫，來者猶可追。已而已而，今之從政者殆而。孔子下，欲與之言。趨而避之，不得與之言。長沮桀溺耦而耕。孔子過之，使子路問津焉。長沮曰，夫執輿者為誰？子路曰，為孔丘。曰，是魯孔丘與？曰，是也。曰，是知津矣。問於桀溺，桀溺曰，子為誰？曰，為仲由。曰，是魯孔丘之徒與？對曰，然。曰，滔滔者天下皆是也，而誰以易之，且而與其從辟人之士，豈若從辟世之士哉。耰而不輟。子路行以告，夫子憮然曰，鳥獸不可與同群，吾非斯人之徒與而誰與。天下有道，丘不與易也。

「子路從而後，遇丈人以杖荷蓧，子路問曰，子見夫子乎？丈人曰，四體不勤，五穀不分，孰為夫子？植其杖而芸。子路拱而立。止子路宿，殺雞為黍而食之，見其二子焉。明日子路行以告，子曰，隱者也。使子路反見之，至，則行矣。子路曰，不仕無義。長幼之節，不可廢也，君臣之義，如之何其廢之？欲潔其身而亂大倫。君子之仕也，行其義也，道之不行也，已知之矣。」

在這幾節裡我覺得末了一節頂好玩，把子路寫得很可笑。遇見丈人，便脫頭脫腦地問他有沒有看見我的老師，難怪碰了一鼻子灰，於是忽然十分恭敬起來，站了足足半天之後，跟了去寄宿一夜。第二天奉了老師的命再去看，丈人已經走了，大約是往田裡去了吧，未必便搬家躲過，子路卻在他的空屋裡大發其牢騷，彷彿是戲臺上的獨白，更有點兒滑稽，令人想起夫子的「由也嗲」這句話來。

所說的話也誇張無實，大約是子路自己想的，不像孔子所教，下一章裡孔子品評夷齊等一班人，「謂虞仲夷逸隱居放言，身中清，發中權」，雖然後邊說我則異於是，對於他們隱居放言的人別無責備的意思，子路卻說欲潔其身而亂大倫，何等言重，幾乎有孟子與人爭辯時的口氣了。孔子自己對他們卻頗客氣，與接輿周旋一節最可看，一個下堂欲與之言，一個趨避不得與之言，一個狂，一個中，都可佩服，而文章也寫得恰好，長沮桀溺一章則其次也。

我對於這些隱者向來覺得喜歡，現在也仍是這樣，他們所說的話大抵都不錯。桀溺曰，滔滔者天下皆是也，而誰以易之，最能說出自家的態度。晨門曰，是知其不可而為之者，最能說出孔子的態度。說到底，二者還是一個源流，因為都知道不可，不過一個還要為，一個不想再為罷了。

周朝以後一千年，只出過兩個人，似乎可以代表這兩派，即諸葛孔明與陶淵明，而人家多把他們看錯作一姓的忠臣，令人悶損。中國的隱逸都是社會或政治的，他有一肚子理想，卻看得社會渾濁無可實施，便只安分去做個農工，不再來多管，見了那知其不可而為之的人，卻是所謂惺惺惜惺惺，好漢惜好漢，想了方法要留住他，看上面各人的言動雖然冷熱不同，全都是好意，毫沒有「道不同不相與謀」的意味，孔子的應付也是如此，這是頗有意思的事。

外國的隱逸是宗教的，這與中國的截不相同，他們獨居沙漠中，絕食苦禱，或牛皮裹身，或革帶鞭背，但其目的在於救濟靈魂，得遂永生，故其熱狂實在與在都市中指揮君民焚燒異端之大主教無以異也。二者相比，似積極與消極大有高下，我卻並不一定這樣想，對於自救靈魂我不敢贊一辭，若是不惜用強硬手段要去救人家的靈魂，那大可不必，反不如去荷蕢植杖之無害於人了。

我從小讀《論語》，現在得到的結果除中庸思想外乃是一點對於隱者的同情，這恐怕也是出於讀經救國論者「意表之外」的罷？

（二十三年十二月）

洗齋病學草

民國以來我時常搜集一點同鄉人的著作。這其實也並不能說是搜集，不過偶然遇見的時候把他買來，卻也不是每見必買，價日太貴時大抵作罷。

貴與不貴本來沒有一定標準，我的標準是我自己擅定的，大約十元以內的書總還想設法收得，十元以上便是貴，十五元以上則是很貴了。貴的書我只買過兩三部，一是陶元藻的《泊鷗山房集》，一是魯曾煜的《秋塍文鈔》，——魯啟人是湯紹南的老師，《秋塍三州詩鈔》又已有了，所以也把《文鈔》搜了來，可是實在覺得沒有什麼好處。因為這種情形，既不廣收羅，又是頗吝嗇，所搜的書，清朝的別集一部分一總只有百五十部，其中還有三五部原是家藏舊有的。

看同鄉人的文集，有什麼意思呢？以詩文論，這恐怕不會有多大意思。吾鄉近三百年不曾出什麼聞人，除章實齋是學者外，——因為我所說的只是山陰會稽的小同鄉，所以邵念魯也沒有算在裡面，——只有胡天遊王衍梅幾個人略有名聲，最近則李慈銘，但這些大都還是一種正宗裡的合作，在我既然不懂得，也不感到興趣，《越縵堂日記》或者要算是例外。

近代的人用了傳統的五七言和古文辭能夠做出怎樣的東西呢？載道，或者是的，不過這於我沒有緣分。要能言志，能真實的抒寫性情，乃是絕不容易的事。高明如陸放翁，詩稿有八十卷之多，而其最佳的代表作據我看來，還只是沈園柳老不飛綿等幾章，其他可知矣。

還有紀事與寫景呢？事與景之詩或者有做得工的，我於此卻也並沒有什麼嗜好，大約還是這詩中的事與景，能夠引起我翻閱這些詩文集的興趣。因為「鄉曲之見」，所以搜集同鄉人的著作，在這著作裡特別對於所記的事與景感到興趣，這也正由於鄉曲之見。紀事寫景之工者亦多矣，今獨於鄉土著述中之事與景能隨喜賞識者，蓋因其事多所素知，其景多曾親歷，故感覺甚親切也。其實這原來也並不限於真正生長的故鄉，凡是住過較長久的地方大抵都有這種情形，如江寧與北京，讀《帝京景物略》於其文章之外也覺得別有可喜，只是南京一略未得見，乃大可惜耳。

但是詩文集中帶有鄉土色彩的卻是極少，我所看過的裡邊只有一種較可取，這乃是家中舊有的一部，是作者的兒子在光緒丙戌（一八八六）年送給先君的。書名「洗齋病學草」，凡二卷，光緒甲申刊，題踵息道人著，有自序，有道裝小像，以離合體作贊，隱浙江山陰胡壽頤照八字。

胡字梅仙，光緒丁卯舉人，自序言性喜泰西諸書，讀之得以知三才真形，萬物實理，集卷上有《感事漫賦》四首，分詠天主堂同文館機器局招商局，詩未佳而思想明通，又卷下《詠化學》二首，注云，「泰西初譯是書，盡泄造化之秘，華人未能悉讀，多不之信。」序又言年三十七以病廢，廢四年始學詩自遣，學六年以病劇輟，先君題識謂其艱於步履，蓋是兩足痿痹也。

全集詩才二百十首，所詠卻多特殊的事物，頗有意思。如卷上有《香奩新詠》，序云：

「古人詠香奩者多矣，余復何贅。唯有數事為時世裝，登徒子皆酷愛焉，鄙意總以為不雅，援筆賦之，世有宋玉其人者，庶以余言為不謬爾。」其題凡四：

一，俏三寸。注云，「腦後挽小髻，長僅三寸，初起江蘇上海，今已遍傳吳越，服妖也。」

二，玉搔頭。注云，「古有是飾，今間以五色，有插至數十枚者，抑何可笑也。」

三，側托。注云，「髻上橫簪，排列多齒，以金為之，或飾以玉石。」

四，齊眉。注云，「額前珠絡，一名西施額。」

查范寅《越諺》卷中服飾類中只有齊眉一條，其注云：「此與網釵大同小異，彼雙此單，彼分佈兩邊，此獨障額前，珠絡齊眉而止，亦新制，起於咸豐年，奢華極矣。」俏三寸在小時候亦曾見過，彷彿如三河老媽子所梳，狀似絡緯肚者，不知范君何以一筆抹殺都不收入也。

卷下又有《花爆八詠》，序云：

「新春兒童競放花爆，未知始於何時，名目奇異，古書亦未經見，習俗相沿，頗有意義，爰為分詠八絕，聊以諷世云爾。」所詠八種為花筒，賽月明，金盆撈月，雙飛蝴蝶，滴滴金，九龍治水，穿線牡丹，過街流星。其諷世無甚足取，但記錄這些花爆的名目卻是有意義的事，有些都是當年玩過的東西，卻不知道現在的鄉間小兒們也還玩不，會考之後繼以讀經，恐怕現代的小朋友未必會有我們那時候的閒適罷？

又卷上有《越臘舊俗》詩共六首，凡三題：

一，跳泥人。注云，「一人戴草圈，袒背，自首以下悉塗泥，比戶跳舞，名曰跳泥人，跳字越音訛條。」

二，跳黃牛。注云，「一人縛米囊作兩角狀蒙其首，一人牽其繩至市閭進吉語，呼其人作牛鳴以應，名曰跳黃牛。」

三，跳灶王。注云，「一童盔兜裝灶神，一婦人擊小銅鉦，媚以諛詞，名曰跳灶王。三事皆乞丐為之。」案跳字越有二音，一讀如挑去聲，即跳躍義，一讀如條，平聲，謂兩腳伸縮上下踐地也，二義不同。此處跳字又引伸有扮演義，鄉間演戲開場必先演八仙上壽曰請壽，次出魁星曰踢魁，次出財神曰跳財神，亦讀條，《越諺》中寫作足下火字。

《越諺》卷中技術類中只列跳灶王一條，注云：「仲冬，成群鑼唱，挾臉，蒙倛，即古儺也。」所云仲冬蓋誤，平常總在年底才有。

顧祿《清嘉錄》卷十二云：

「跳灶王。跳俗呼如條音，王呼作巷平聲。月朔，乞兒三五人為一隊，扮灶公灶婆，各執竹杖，噪於門庭以乞錢，至二十四日止，謂之跳灶王。周宗泰姑蘇竹枝詞云，又是殘冬急景催，街頭財馬店齊開，灶神人媚將人媚，畢竟錢從囊底來。」注引《堅瓠集》云，今吳中以臘月一日行儺，至二十四日止，丐者為之，謂之跳灶王。

《武林舊事》雖亦云二十四日市井迎儺，跳灶王之名恐最早見於褚書也。又引吳曼雲《江鄉節物詞》小序云，杭俗跳灶王，丐者至臘月下旬塗粉墨於面，跳踉街市，以索錢米。江浙風俗多相似，跳灶王一事其分佈即頗廣，《清嘉錄》十二月分中雖別錄有跳鍾馗，而泥人黃牛則悉不載，且《越諺》亦並缺此二項，洗齋之記錄尤可感謝了。

卷下又有越謠五首，注云，吾鄉俗說多有古意，譜以韻語，使小兒歌之。題目凡五：

一，夜叉降海來。注云，「夏日暴雨，多以是語恐小兒。」案降字疑應作扛，夏天將下陣雨，天色低黑，輒云夜叉扛海來，卻不記得用以恐嚇小兒。

二，山裡山。注云，「諺云，山裡山，灣裡灣，蘿蔔開花即牡丹。」

三，上湖春。注云，「小蚌別名，謔語也。」詩云：

漁舟斜渡綠楊津，一帶人家傍水濱，村女不知鄉語謔，門前爭買上湖春。

案蚌蛤多為猥褻俗語，在外國語中亦有之。上湖春，越語上字讀上聲。

四，水胡蘆。注云，「野鴨別名，即鳧之最小者。」

五，花秋。注云，「早稻別種。」詩云：

祈晴祈雨聽鳴鳩，未卜豐收與歉收，註定板租無荒旱，山家一半種花秋。

案佃戶納租按收成豐歉折算，每年無定，唯板租則酌定數目，不論荒旱一律照納也。

以上五者，一係成語，二為兒歌，《越諺》卷上錄有全文。三至五均係名物，《越諺》未收。范嘯風蓋畸人，《越諺》亦是一部奇書。但其詩文卻甚平凡，殊不可解。近來得見其未刊稿本，有《墨妙齋詩稿》六卷，乃極少可取者，唯卷五雜詠中有《抓破臉》四絕句，注云，「白桃花而有紅點者，俗以此名之。」詩不佳而題頗有意思，但這卻並不是越中事物，不特未曾聽過此名，即此三字亦非越語也。

卷下又有四首七絕，題曰「間壁豔婦未起」，有序曰：「余友陶伯瑛孝廉方琯年未三十，攻苦得心疾，猶日課一文，數上公車，或惘惘出門，隻身奔走數千里。今病益劇，忽喜吟詩，稿中有是題，同人無不大笑，孫彥清學博聞之醉罵曰，古人命題往往粗率類此，何足怪！設出老杜，諸君讚不絕口矣。余謂題雖俚著筆甚難，效顰一詠，紓情而已，大雅見哂弗顧焉。」方琯即方琦兄，見《復堂文續》亡友傳中，其詩惜未得見，想當有佳句，若洗齋仿作則殊無可觀，唯有此詩序我們得以知道此軼事並孫君之快語耳。

我這樣的讀詩文集，有人或者要笑為買櫝還珠，不免埋沒作者的苦心。這大約是的，但是近來許多詩文集的確除此以外沒有什麼可看，假如於此亦無足取，那簡直是廢書一冊罷了。我也想不如看筆記，然而筆記大半數又是正統的，典章，科甲，詩話，忠孝節烈，神怪報應，講來講去只此幾種，有時候翻了二十本書結果仍是一無所得。我不知道何以大家多不喜歡記錄關於社會生活自然名物的事，總是念念不忘名教，雖短書小冊亦復如是，正如種樹賣柑之中亦必寄託治道，這豈非古文的流毒直滲進小說雜家裡去了麼。

廠甸之二

新年逛廠甸，在小攤子上買到兩三本破書。其一是《詩廬詩文鈔》。胡詩廬君是我的同學前輩，辛丑年我進江南水師，管輪堂裡有兩個名人，即鉛山胡朝梁與侯官翁曾固，我從翁君初次看到《新民叢報》，胡君處則看他所做的古詩。民國六年我來北京，胡君正在教育部，做江西派的詩，桐城派的文，對於這些我沒有什麼興趣所以不大相見。

十年辛酉胡君去世，十一年壬戌遺稿出版，有陳師曾小序，即是此冊，今始得一讀，相隔又已十二三年，而陳君的墓木也已過了拱把了罷。詩稿前面有諸名流題字，我覺得最有意思的是嚴幾道的第二首，因為署名下有一長方印章，朱文兩行行三字，曰天演宗哲學家，此為不佞從前所未知者也。

舊書之二不知應該叫作什麼名字。在書攤上標題曰名山叢書零種，但是原書只有卷末明張佳圖著《江陰節義略》一卷書口有「名山叢書」字樣，此外《讁星說詩》一卷《讁星筆談》三卷《讁星詞》一卷，均題陽湖錢振鍠著，不稱叢書。我買這本書的理由完全是為木活字所印，也還好玩，拿回來翻閱著見其中儀字缺筆，《節義略》跋云癸亥九月，知係民國十二年印本，至於全書共有幾種，是何書名，卻終不明白。

讀《讁星詞》第三首，《金縷曲》「憶亡弟杏保」，忽然想起錢鶴岑的《望杏樓志痛編補》也是紀念其子杏保而作的，便拿來一查，果然在《求仙始末》中有云，「丙申冬十二月長男振鍠於其友婿卜君壽章處得扶乩術，是月二十有一日因於望杏樓試之」，卷後詩文中亦有振鍠詩七首詞一首，唯《金縷曲》未收，或係後作也。去年春節在廠甸得《志痛編補》，得到不少資料寫成《鬼的生長》一文，今年又得此冊，偶然會合亦大可喜，是則於木活字之外又覺得別有意思者也。

《讁星說詩》雖只六十餘則，卻頗有新意，不大人云亦云的說，大抵敢於說話，不過有時也有欠圓處。如云：

「滄浪謂東野詩讀之使人不歡，余謂不歡何病，滄浪不云讀《離騷》須涕洟滿襟乎？曷為於騷則尊之，於孟則抑之也。東坡稱東野為寒，亦不足為詩病。坡夜讀孟郊詩直是草草，如云細字如牛毛，只是憎其字細，何與其詩。

「王李多以惡語詈謝茂秦，令人發怒。以雙日嘲眇人，已不長者，以軒冕仇布衣，亦不似曾飲墨水者也。盧柟被陷，茂秦為之稱冤於京師，得白乃已。王李諸人以茂秦小不稱意便深仇之，弇州至詈其速死。論其品概，王李與茂秦交，且辱茂秦矣，宜青藤之不入其社也。」

此外非難弇州的還有好幾則，都說得有理，但如評賈島一則雖意思甚佳，實際上恐不免有窒礙，文云：

「詩當求真。閬仙推敲一事，須問其當時光景，是推便推，是敲便敲，奈何捨其真境而空摹一字，墮入做試帖行徑。一句如此，其他詩不真可知，此賈詩所以不入上乘也。退之不能以此理告之，而謂敲字佳，誤矣。」

我說窒礙，因為詩人有時單憑意境，未必真有這麼一回事，所以要講真假很不容易，我怕賈上人在驢背上的也就是這一種境界罷。

《谪星筆談》與《說詩》原差不多，不過一個多少與詩有點相關，一個未必相關而已，有許多處都是同樣地有意思，最妙的也多是批評人的文章。

卷二云：「退之與時貴書，求進身，打抽豐，擺身分，賣才學，哄嚇撞騙，無所不有，究竟是蘇張遊說習氣變而出此者也。陶淵明窮至乞食，未嘗有一句怨憤不平之語，未嘗怪人不肯施濟而使我至於此也。以其身分較之退之，真有天壤之別。《釋言》一首，患得患失之心活現紙上，讒之宰相便須作文一首，或讒之天子，要上萬言書矣。」

這一節話我十分同意，真可以說是能言人所難言。我對於韓退之整個的覺得不喜歡，器識文章都無可取，他可以算是古今讀書人的模型，而中國的事情有許多卻就壞在這班讀書人手裡。他們只會做文章，談道統，虛驕頑固，而又鄙陋勢利，雖然不能成大奸雄鬧大亂子，而營營擾擾最是害事。

講到韓文我壓根兒不能懂得他的好處。我其實是很虛心地在讀「古文」，我自信如讀到好古文，如左國司馬以及莊韓非諸家，也能懂得。我又在讀所謂唐宋八家和明清八家的古文，想看看這到底怎樣，不過我的時間不夠，還沒有讀出結果來。現在只談韓文。這個我也並未能精讀，雖然曾經將韓昌黎文集拿出來擱在案頭，但是因為一則仍舊缺少時間，二則全讀或恐注意反而分散，所以改變方針來從選本下手。

我所用的是兩個態度很不相同的選本，一是金聖歎的《天下才子必讀書》，一是吳闓生的《古文範》。《才子必讀書》的第十和十一卷都是選的韓文，共三十篇，《古文範》下編之一中所選韓文有十八篇，二家批選的手眼各不相同，但我讀了這三十和十八篇文章都不覺得好，至多是那送董邵南或李願序還可一讀，卻總是看舊戲似的印象。不但論品概退之不及陶公，便是文章也何嘗有一篇可以與孟嘉傳相比。

朱子說陶淵明詩平淡出於自然，我想其文正亦如此，韓文則歸納讚美者的話也只是吳云偉岸奇縱，金云曲折蕩漾，我卻但見其裝腔作勢，搔首弄姿而已，正是策士之文也。近來袁中郎又大為世詬病，有人以為還應讀古文，中郎誠未足為文章模範，本來也並沒有人提倡要做公安派文，但即使如此也勝於韓文，學袁為閒散的文士，學韓則為縱橫的策士，文士不過發揮亂世之音而已，策士則能造成亂世之音者也。

《筆談》卷三談到桐城派，對於中興該派的曾滌生甚致不敬，文云：

「桐城之名始於方劉，成於姚而張於曾。雖然，曾之為桐城也，不甚許方劉而獨以姚為桐城之宗，敬其考而祧其祖先，無理之甚。其於當世人不問其願否，盡牽之歸桐城，吳南屏不服，則從而譏之。譬之兒童偶得泥傀儡，以為神也，牽其鄰里兄弟而拜之，不肯拜則至於相罵，可笑人也。」

謝章鋌《賭棋山莊筆記》，《課餘偶錄》卷二亦有一則，語更透澈，云：

「近日言古文推桐城成為派別，若持論稍有出入，便若犯乎大不韙，況敢倡言排之耶？余不能文，偶有所作，見者以為不似桐城，予唯唯不辨。竊謂文之未成體者冗剽蕪雜，其氣不清，桐城誠為對症之藥，然桐城言近而境狹，其美亦殆盡矣，而迤邐陵遲，其勢將合於時文。

「蓋桐城派之初祖為歸震川，震川則時文之高手也，其始取五子之菁華，運以歐曾之格律，入之於時文，時文岸然高異。及其為古文，仍此一副本領，易其字句音調，又適當王李贗古之時，而其文不爭聲色，瀏然而清，足以移情，遂相推為正宗。非不正宗，然其根柢則在時文也。故自震川以來，若方望溪劉才甫姚惜抱梅伯言，皆工時文，皆有刻本傳世，而吳仲倫《初月樓集》末亦附時文兩三篇，若謂不能時文便不足為古文嫡塚者。噫，何其蔽也。」

謝君為林琴南之師，而其言明達如此，甚可佩服。其實古文與八股之關係不但在桐城派為然，就是唐宋八大家傳誦的古文亦無不然。韓退之諸人固然不曾考過八股時文，不過如作文偏重音調氣勢，則其音樂的趨向必然與八股接近，至少在後世所流傳模仿的就是這一類。

《談星說詩》中云：

「同年王鹿鳴頗嫻曲學。偶叩以律，鹿鳴曰，君不作八股乎，亦有律也。」此可知八股通於音樂。

《古文范》錄韓退之《送董邵南遊河北序》，首句曰，「燕趙古稱多感慨悲歌之士」，選者注云：

「故老相傳，姚姬傳先生每誦此句，必數易其氣而始成聲，足見古人經營之苦矣。」此可知古文之通於音樂，即後人總以讀八股法讀之，雖然韓退之是否搖頭擺腿而做的尚不可知。

總之這用聽舊戲法去賞鑑或寫作文章的老毛病如不能斷根去掉，對於八股宗的古文之迷戀不會改變，就是真正好古文的好處也不會瞭解的。我們現在作文總是先有什麼意思要說，隨後去找適當的字句用適當的次序寫出來，這個辦法似乎很簡單，可是卻不很容易，在古文中毒者便斷乎來不成，此是偶成與賦得之異也。

《讁星說詩》中云：

「凡敘事說理寫情狀，不過如其事理情狀而止，如鏡照形，如其形而現，如調樂器，如其聲而發，更不必多添一毫造作，能如是便沛然充滿，無所不至。凡天下古今之事理情狀，皆吾之文章詩詞也，不必求奇巧精工，待其奇巧精工之自來。古唯蘇家父子能見到此境，後則陸放翁。文章本天成，妙手偶得之，粹然無瑕疵，豈復須人為。可謂見之真矣。」此雖似老生常談，但其可取亦正在此，蓋常談亦是人所不易言者也。與上引評賈島語是同一意思，卻圓到得多，推敲問題太具體了，似乎不好那麼一句就斷定。

《筆談》中有意思的還有幾條，抄得太多也不大適宜，所以就此中止了。廿四年一月十五日，在北平西北城之苦茶庵。

【附記】

今日讀唐晏（民國以前名震鈞）的《涉江先生文鈔》，其《砭韓》一文中有云，「此一派也，盛於唐，靡於宋，而流為近代場屋之時文，皆昌黎肇之也。」可與上文所引各語相發明。十七日記。

錢君著書後又搜得《名山續集》九卷，《語類》二卷，《名山小言》十卷，《名山叢書》七卷，亦均木活字印，但精語反不多見，不知何也。四月中蚌埠陸君為代請錢君寫一扇面見寄，因得見其墨蹟，陸君雅意至為可感。五月廿四日又記。

食味雜詠注

今年廠甸買不到什麼書，要想買一本比較略為好的書總須得往書店去找，而舊書的價近來又愈漲愈貴，一塊錢一本的貨色就已經不大有了。好在有幾家書店有點認識，暫時可以賒欠，且不管三七二十一先拿幾本來看罷，有看了中意的便即蓋上圖章，算是自己的東西了。

這裡邊我所頂喜歡的是一冊《食味雜詠》，東墅老人嘉善謝墉撰，有門生阮元序，道光中小門生阮福刊。據石韞玉後序，乾隆辛丑主會試，士之不第者造為蜚語云，謝金圃抽身便討，吳香亭到口即吞，坐此貶官，但此二語實出《寄園寄所寄》中，兩公之姓相合，故旣毦者移易其詞以騰口說耳云。

東墅老人自序云：

「乾隆辛亥夏養痾杜門，因思家鄉土物數種不可得，率以成吟，於是連續作詩，積五十八首，而以現在所食皆北產也，復即事得四十三首，共成一百一首，各係數言於題下。蓋墉家世習耕讀，少時每從老農老圃談樹藝，當名辨物，多以目驗得之，又鄰江海介五湖，水生陸產咸易致之，考其性味，別其土宜，不為丹鉛家剿說所淆。

「中年以北遊之後食味一變，而輶車驛路，爰好諮諏，京城顧役者無問男女皆田家也，圉人御者皆知稼穡，下至老嫗亦可詢之，以是辨南北之異宜，析山澤之殊質。又少多疾病，時學醫聚藥，參之經傳，證以見聞，或有疑義輒為詮注。陶斯詠斯，絕無關於喜慍，遊矣休矣，非假喻於和同。詩成，滙錄之，方言里語，敢附博物哉，庶其以擊壤之聲，入採風之末云爾。」

序文末尾寫得不漂亮，也是受了傳統的影響，但是序裡所說的大約都是實情，我所喜歡的部分實在也還是那些題下的附注，本文的詩卻在其次。古人云買櫝還珠，我恐怕難免此誚，不過這並無妨礙，在我看來的確是這櫝要好得多，要比詩更有意思，雖然那些注原是附屬於詩的，如要離詩而獨立也是不可能。

阮雲台序中有云：「此卷為偶詠食品之詩，通乎雅俗，然考證之多，非貫徹經史蒼雅博極群書者不能也。」可謂知言。

我同時所得尚有王鳴盛《練川雜詠》，並錢大昕王鳴韶和作共一百八十首，朱彝尊《鴛鴦湖棹歌》百首，譚吉璁和作百十八首，楊掄《芙蓉湖棹歌》百首，並劉繼增《惠山竹枝詞》三十首為一卷。這些詩裡也大都講到風物，只是缺少注解，有注也略而不詳，更不必說能在丹鉛家剿說之外自陳意見的了。

以詩論，在我外行看去，似朱竹垞最佳，雖然王西莊錢竹汀的有幾句我也喜歡。如朱詩云：

姑惡飛鳴觸曉煙，紅蠶四月已三眠，
白花滿把蒸成露，紫葚盈筐不取錢。

注云：「姑惡鳥名，蠶月最多。野薔薇開白花，田家籬落間處處有之，蒸成香露，可以澤發。」

又云：

鴨餛飩小漉微鹽，雪後壚頭酒價廉，
聽說河豚新入市，蔞蒿荻筍急須拈。

注云：「方回題竹杖詩，跳上岸頭須記取，秀州門外鴨餛飩。」

王詩云：

西風策策碧波明，菰雨蘆煙兩岸平，
暮汐過時漁火暗，沙邊覓得小娘蜓。

注引宋吳惟信元王逢簡句外，只云「俗呼蜓為小娘蜓」。以上注法或是詩注正宗亦未可知，不過我總嫌其太簡略，與《食味雜詠》相比更是顯然。

南味五十八首之十六曰喜蛋，題注甚長，今具錄於下：

「古無蛋字，亦無此名，經傳皆作卵，音力管反。《說文》，蜑，釋云，南方夷也，從蟲延聲，徒旱切，在新附文之首，是漢時本無此字，故叔重不載而徐氏增之。《玉篇》仍《說文》不收，《廣韻》則亦注為南方夷，至《唐書》柳文皆以為蠻俗之稱，《集韻》並載蜑，要皆不關禽鳥之卵。今自京師及各省凡鳥卵皆呼為蛋，無稱為卵者，字從蟲從延，本以延衍卵育取義，蛋則蜑省也。

「考《說文》卵字部內有毈字，卵不孚也，徒玩切，與蛋為音之轉，蓋古人呼不以之孚雞鴨之卵而徒供食者即以孚之不成之卵名之，因而俗以蛋抵毈也。隋唐前無蜑字，亦無此名。元方回詩曰，秀州城外鴨餛飩，即今嘉興人所名之喜蛋，乃鴨卵未孚而殰，已有雛鴨在中，俗名哺退蛋者也。市人鑷去細毛，洗淨烹煮，乃更香美，以哺退名不利，反而名之曰喜蛋，若鴨餛飩者則又以喜蛋名不雅而文其名。其實秀州之鴨餛飩乃《說文》毈字之鐵注腳也。」

詩中又有注云：

「喜蛋中有已成小雛者味更美。近雛而在內者俗名石榴子，極嫩，即蛋黃也。在外者曰砂盆底，較實，即蛋白也。味皆絕勝。」

第二十九首為鮮蟶，注云：

「蟶字《說文》《玉篇》俱無，亦不見他書，《廣韻》始收，注云蚌屬，蓋即《周官》狸物蠃蠯之類，味勝蜆蛤，若以較西施舌則遠不逮矣。」

詩中注云：「蟶本江海所產，而西湖酒肆者乃即買之湖上漁船，乘鮮烹食極美。同年王穀原與麴生交莫逆，每寓杭鄉試時邀同遊西湖，取醉酒家，有五柳居酒肆在湖上，烹飪較精，穀原嗜食蟶，謂此乃案酒上品，即醉蟶亦絕佳，因令與煮熟者並供之。此景惘然。」

第三十首為活蝦，詩中有注兩則，均瑣屑有致，為筆記中之佳品。

「家鄉名漁家之船曰網船，漁婦曰網船婆。夏秋魚蝦盛時，網船婆蓑笠赤腳，與漁人分道賣魚蝦，自率兒女攜蝦桶登岸，至所識大戶廚下賣蝦，易錢回船，不避大風雨。

「南中活蝦三十年前每斤不過十餘文，時初至京，京中已四五倍之。近日京城活者須大錢三四百文，其不活而猶鮮者，以用者多，亦須二百左右，然大率撈之濁水中，其生於清水者更不易得。」

適值那時所得的幾部詩詞裡也還有類似的題詠，可謂偶然。其一是全祖望的《句餘土音》，係陳銘海補注本，其第五卷全是詠本地物產，共有六十九首，只可惜原注補注都不大精詳。四賦四明土物九首之一為荔枝蟶，詩下原注云：「浙東之蟶皆女兒蟶也，而荔枝則女兒之佳者。」上文所云小娘蟶蓋即一物，吾鄉土俗蟶不尚大者，但不記得有什麼別名，只通稱蟶子耳。馮雲鵬著《紅雪詞》甲乙集各二卷，乙之二中有禽言二十二章，禽言詞未曾見也，又有詠海錯者二十五章，其十四至十六皆是蟶，曰竹蟶，曰女兒蟶，曰筆管蟶，卻無注。

其第二詠白小，有注云：

「即銀魚，杜詩，白小群分命，天然二寸魚，《記事珠》以為麵條，非也，吾通產塔影河者佳，不亞於鴛脰湖。」

《食味雜詠》南味之五云銀魚，注云：

「色白如銀，長寸許，大者不過二寸，鄉音亦呼兒魚，音同泥，銀言白，兒言小也。此魚古書不載，羅願《翼雅》於王餘膾殘云又名銀魚，膾殘雖相類，然大數倍，不可混也。」

詩中注云：「銀魚出水即不活，漁家急暴乾市之。有甫出水生者以作羹極鮮美，鄉俗名之曰水銀魚，以別於乾者。」

東墅老人對於土物之知識豐富實在可佩服，可惜以詩為主，因詩寫注，終有所限制，假如專作筆記，像郝蘭皋的《記海錯》那樣，一定是很有可觀的。至於以詩論，則謝金圃的銀魚詩與馮晏海的白小詞均不能佳，因係用典制題做法，詠物詩少佳作，不關二公事也。倒還是普通一點的風物詩可以寫得好，如前所舉棹歌即是，關於白小可舉出吾鄉孫子九一絕句來：

南湖白小論斗量，北湖鯽魚尺半長，
魚船進港麴船出，水氣著衣聞酒香。

孫子九名垓，有《退宜堂詩集》四卷，此詩為過東浦口占之第二首，在詩集卷一中。

廿四年三月十三日，北平。

東京散策記

前幾天從東京舊書店買到一本書，覺得非常喜歡，雖然原來只是很普通的一卷隨筆。這是永井荷風所著的《日和下駄》，一名「東京散策記」，內共十一篇，從大正三年夏起陸續在《三田文學》月刊上發表，次年冬印成單行本，以後收入「明治大正文學全集」及「春陽堂文庫」中，現在極容易買到的。

但是我所得的乃是初板原本，雖然那兩種翻印本我也都有，文章也已讀過，不知怎的卻總覺得原本可喜，鉛印洋紙的舊書本來難得有什麼可愛處，有十七幅膠板的插畫也不見得可作為理由，勉強說來只是書品好罷。

此外或者還有一點感情的關係，這比別的理由都重要，便是一點兒故舊之誼，改訂縮印的書雖然看了便利，卻缺少一種親密的感覺，說讀書要講究這些未免是奢侈，那也可以說，不過這又與玩古董的買舊書不同，因為我們既不要宋本或季滄葦的印，也不能出大價錢也。《日和下駄》出版於大正四年（一九一五），正是二十年前，絕板已久，所以成了珍本，定價金一圓，現在卻加了一倍，幸而近來匯兌頗低，只要銀一元半就成了。

永井荷風最初以小說得名，但小說我是不大喜歡的，我讀荷風的作品大抵都是散文筆記，如《荷風雜稿》，《荷風隨筆》，《下谷叢話》，《日和下駄》與《江戶藝術論》等。《下谷叢話》是森鷗外的《伊澤蘭軒傳》一派的傳記文學，講他的外祖父鷲津毅堂的一生以及他同時的師友，我讀了很感興趣，其第十九章中引有大沼枕山的絕句，我還因此去搜求了《枕山詩鈔》來讀。隨筆各篇都有很好的文章，我所最喜歡的卻是《日和下駄》。

《日和下駄》這部書如副題所示是東京市中散步的記事，內分《日和下駄》，《淫祠》，《樹》，《地圖》，《寺》，《水附渡船》，《露地》，《閒地》，《崖》，《阪》，《夕陽附富士眺望》等十一篇。

「日和下駄」（**Hiyorigeta**）本是木屐之一種，意云晴天屐，普通的木屐兩齒幅寬，全屐用一木雕成，日和下駄的齒是用竹片另外嵌上去的，趾前有覆，便於踐泥水，所以雖稱曰晴天屐而實乃晴雨雙用屐也。為什麼用作書名，第一篇的發端說的很明白：

「長的個兒本來比平常人高，我又老是穿著日和下駄拿著蝙蝠傘走路。無論是怎麼好晴天，沒有日和下駄與蝙蝠傘總不放心。這是因為對於通年多濕的東京天氣全然沒有信用的緣故。容易變的是男子的心與秋天的天氣，此外還有上頭的政事，這也未必一定就只如此。春天看花時節，午前的晴天到了午後二三時必定刮起風來，否則從傍晚就得下雨。梅雨期間可以不必說了。入伏以後更不能預料什麼時候有沒有驟雨會沛然下來。」

因為穿了日和下駄去憑弔東京的名勝，故即以名篇，也即以為全書的名稱。荷風住紐約巴黎甚久，深通法蘭西文學，寫此文時又才三十六歲，可是對於本國的政治與文化其態度非常消極，幾乎表示極端的憎惡。在前一年所寫的《江戶藝術論》中說的很明白，如浮世繪的鑑賞第三節云：

「在油畫的色裡有著強的意味，有著主張，能表示出製作者的精神。與這正相反，假如在木板畫的瞌睡似的色彩裡也有製作者的精神，那麼這只是專制時代萎靡的人心之反映而已。這暗示出那樣暗黑時代的恐怖與悲哀與疲勞，在這一點上我覺得正如聞娼婦啜泣的微聲，深不能忘記那悲苦無告的色調。我與現社會相接觸，常見強者之極其橫暴而感到義憤的時候，想起這無告的色彩之美，因了潛存的哀訴的旋律而將暗黑的過去再現出來，我忽然瞭解東洋固有的專制的精神之為何，深悟空言正義之不免為愚了。

「希臘美術發生於以亞坡隆為神的國土，浮世繪則由與蟲豸同樣的平民之手製作於日光曬不到的小胡同的雜院裡。現在雖云時代全已變革，要之只是外觀罷了。若以合理的眼光一看破其外皮，則武斷政治的精神與百年以前毫無所異。江戶木板畫之悲哀的色彩至今全無時間的間隔，深深沁入我們的胸底，常傳親密的私語者，蓋非偶然也。」

在《日和下駄》第一篇中有同樣的意思，不過說得稍為和婉：

「但是我所喜歡曳屐走到的東京市中的廢址，大抵單是平凡的景色，只令我個人感到興趣，卻不容易說明其特徵的。例如一邊為炮兵工廠的磚牆所限的小石川的富阪剛要走完的地方，在左側有一條溝渠。沿著這水流，向著蒟蒻閻魔去的一個小胡同，即是一例。兩傍的房屋都很低，路也隨便彎來彎去，洋油漆的招牌以及仿洋式的玻璃門等一家都沒有，除卻有時飄著冰店的旗子以外小胡同的眺望沒有一點什麼色彩，住家就只是那些裁縫店烤白薯店粗點心店燈籠店等，營著從前的職業勉強度日的人家。

「我在新開路的住家門口常看見堂皇地掛著些什麼商會什麼事務所的木牌，莫名其妙地總對於新時代的這種企業引起不安之念，又關於那些主謀者的人物很感到危險。倒是在這樣貧窮的小胡同裡營著從前的職業窮苦度日的老人們，我見了在同情與悲哀之上還不禁起尊敬之念。同時又想到這樣人家的獨養女兒或者會成了介紹所的餌食，現今在什麼地方當藝妓也說不定，於是照例想起日本固有的忠孝思想與人身賣買的習慣之關係，再下去是這結果所及於現代社會之影響等，想進種種複雜的事情裡邊去了。」

本文十篇都可讀，但篇幅太長，其《淫祠》一篇最短，與民俗相關亦很有趣，今錄於後。

「往小胡同去罷，走橫街去罷。這樣我喜歡走的，格拉格拉地拖著晴天屐走去的裡街，那裡一定會有淫祠。淫祠從古至今一直沒有受過政府的庇護。寬大地看過去，讓它在那裡，這已經很好了，弄得不好就要被拆掉。可是雖然如此現今東京市中淫祠還是數不清地那麼多。

「我喜歡淫祠。給小胡同的風景添點情趣，淫祠要遠在銅像之上有審美的價值。本所深川一帶河流的橋畔，麻布芝區的極陡的坡下，或是繁華的街的庫房之間，多寺院的後街的拐角，立著小小的祠以及不蔽風雨的石地藏，至今也還必定有人來掛上還願的扁額和奉獻的手巾，有時又有人來上香的。

「現代教育無論怎樣努力想把日本人弄得更新更狡猾，可是至今一部分的愚昧的民心也終於沒有能夠奪去。在路傍的淫祠許願祈禱，在破損的地藏尊的脖上來掛圍巾的人們或者賣女兒去當藝妓也未可知，自己去做俠盜也未可知，專夢想著銀會和彩票的僥倖也未可知。不過他們不會把別人的私行投到報紙上去揭發以圖報復，或借了正義人道的名來敲竹槓迫害人，這些文明的武器的使用法他們總是不知道的。

「淫祠在其緣起及靈驗上大抵總有荒唐無稽的事，這也使它帶有一種滑稽之趣。對那歡喜天要供油炸的饅頭，對大黑天用雙叉的蘿蔔，對稻荷神獻奉油豆腐，這是誰都知道的事。芝區日蔭町有供鯖魚的稻荷神，在駒入地方又有獻上沙鍋的沙鍋地藏，祈禱醫治頭痛，病好了去還願，便把一個沙鍋放在地藏菩薩的頭上。御廄河岸的榧寺裡有醫好牙痛的吃糖地藏，金龍山的廟內則有供鹽的鹽地藏。在小石川富阪的源覺寺的閻魔王是供蒟蒻的，對於大久保百人町的鬼王則供豆腐，以為治好疥瘡的謝禮。向島弘福寺裡的有所謂石頭的老婆婆，人家供炒蠶豆，求她醫治小孩的百日咳。

「天真爛漫的而又那麼鄙陋的此等愚民的習慣，正如看那社廟滑稽戲和醜男子舞，以及猜謎似的那還願的扁額上的拙稚的繪畫，常常無限地使我的心感到慰安。這並不單是說好玩。在那道理上議論上都無可說的荒唐可笑的地方，細細地想時卻正感著一種悲哀似的莫名其妙的心情也。」

關於民俗說來太繁且不作注，單就蒟蒻閻魔所愛吃的東西說明一點罷。

蒟蒻是一種天南星科的植物，其根可食，五代時源順撰《和名類聚抄》卷九引《文選・蜀都賦》注云：蒟蒻，其根肥白，以灰汁煮則凝成，以苦酒淹食之，蜀人珍焉。

《本草綱目》卷十六敘其製法甚詳云：

「經二年者根大如碗及芋魁，其外理白，味亦麻人，秋後採根，須淨擦或搗或片段，以釅灰汁煮十餘沸，以水淘洗，換水更煮五六遍，即成凍子，切片，以苦酒五味淹食，不以灰汁則不成也。切作細絲，沸湯瀹過，五味調食，狀如水母絲。」

黃本驥編《湖南方物志》卷三引《瀟湘聽雨錄》云：

「《益部方物略》，海芋高不過四五尺，葉似芋而有幹。向見岣嶁峰寺僧所種，詢之名磨芋，幹赤，葉大如茄，柯高二三尺，至秋根下實如芋魁，磨之漉粉成膏，微作膻辛，蔬品中味猶乳酪，似是《方物略》所指，宋祁讚曰木幹芋葉是也。」

金武祥著《粟香四筆》卷四有一則云：

「濟南王培荀雪嶠《聽雨樓隨筆》云，蒟醬張騫至西南夷食之而美，擅名蜀中久矣。來川物色不得，問土人無知者。家人買黑豆腐，蓋村間所種，俗名茱芋，實蒟蒻也，形如芋而大，可作腐，色黑有別味，未及豆腐之滑膩。蒟蒻一名鬼頭，作腐時人多語則味澀，或云多語則作之不成。乃知蒟醬即此，俗間日用而不知，可笑也。遙攜饞口入西川，蒟醬曾聞自漢年，腐已難堪兼色黑，虛名應共笑張騫。茉芋亦名黑芋，生食之口麻。」

蒟蒻俗名黑豆腐，很得要領，這是民間或小兒命名的長處。在中國似乎不大有人吃，要費大家的力氣來考證，在日本乃是日常副食物，真是婦孺皆知，在俗諺中也常出現，此正是日本文學風物志中一好項目。在北平有些市場裡現已可買到，其製法與名稱蓋從日本輸入，大抵稱為蒟蒻而不叫作黑豆腐也。

（廿四年四月）

科學小品

二月底的某日，我剛寄出明信片給書店，要英國大威爾士編著的《生命之科學》，去年改訂為分冊的叢書，已出三冊，這天就收到上海商務印書館代郭君寄贈的一冊大書，打開看時原來即是《生命之科學》漢譯本，此為第一冊，即包含前三冊分也。這是一件偶然湊巧的事，卻覺得很有意思。

譯者弁言之二有云：

「譯者對於作者之原旨，科學之綜合化大眾化與文藝化，是想十分忠實地體貼著的，特別是在第三化。原著實可以稱為科學的文藝作品。譯者對於原作者在文學修辭上的苦心是盡力保存著的，譯文自始至終都是逐字移譯，盡力在保存原文之風貌。但譯者也沒有忘記，他是在用中國文譯書，所以他的譯文同時是照顧著要在中國文字上帶有文藝的性格。」

這裡所說關於原書的文藝價值與譯文的忠實態度都很明瞭，我們可以不必多贅。我看原書第二分冊第四章七節有講輪蟲的一段文章很有趣味，今借用郭君的譯文於下：

「輪蟲類又是一門，是微小而結構高級的動物，大抵居於池沼，溝渠，濕地等處，對於有顯微鏡的人是一項快樂之源泉。假如我們能夠保留著感覺和視覺，縮小成一個活的原子而潛下水去，我們會參加進一個怎樣驚異的世界喲！我們會發現這座仙國有最奇異的一些生物棲息著，那些生物有毛以備浮泳，有璐玭色的眼睛在頸上灼灼，有望遠鏡式的腳可以納入體中，可以伸出去比身體長過數倍。

「這兒有些是繫著錨的，繫在腳趾所紡出的細絲上，又有些穿著玻璃的鎧甲，蝟集著犀利的針刺或裝飾著龜甲形和波形的浮雕，迅速地浮過，更有固著在綠色的梗上就像一朵牽牛花，由眼不能見的力量把一道不間斷的犧牲之流吸引進張開著的杯裡，用深藏在體中的鉤顎把牠們咬碎致死。（赫貞與戈斯二氏在有趣的圖譜《輪蟲類》The Rotifera 1886中如是說。）輪蟲類對於人沒有益處，也沒有害處，牠們的好處幾乎全在這顯微鏡下的美觀上。」

這可以夠得上稱為科學小品了罷。所謂科學小品不知到底是什麼東西，據我想這總該是內容說科學而有文章之美者，若本是寫文章而用了自然史的題材或以科學的人生觀寫文章，那似乎還只是文章罷了，別的頭銜可以不必加上也。

《生命之科學》的原作者是大小威爾士與小赫胥黎，其科學文學兩方面的優長既是無可疑的了，譯者又是專門研究近代醫學的人，對於文藝亦有很大的成就，所以這書的譯出殆可以說是鬼拿鐵棒了。但是可惜排印有誤，還有一件便是本子大，定價高，假如能分作三冊，每冊賣一元之譜，不但便於翻閱，就是為讀者購買力計也有方便處，像現在這樣即不佞如不蒙寄贈，亦大抵未必能夠見到也。

我不是弄科學的，但當作文章看過的書裡有些卻也是很好的科學小品，略早的有英國懷德的《色耳彭自然史》，其次是法國法布耳的《昆蟲記》。這兩部書在現今都已成為古典了，在中國知道的人也已很多，雖然還不見有可靠的譯本，大約這事真太不容易，《自然史》在日本也終於未曾譯出，《昆蟲記》則譯本已有三種了。

此外，我個人覺得喜歡的還有英國新近去世的湯木生（J·A·Thomson）教授，他是動物學專門的，著作很多，我只有他最普通的五六種，其中兩種最有意思，即《動物生活的秘密》與《自然史研究》。這還是一九一九至二一年刊行，又都是美國板，價錢很貴，裝訂也不好，現在背上金字都變黑了，黑得很難看，可是我仍舊看重他，有時拿出來翻翻，有時還想怎樣翻譯一點出來也好，看著那暗黑難看的金字真悔不早點譯出幾篇來。

可是這是徒然。我在這裡並不謙虛地說因為關於自然史的知識不夠，實在乃是由於文章寫不好，往往翻看一陣只得望洋興嘆地放下了。

《動物生活的秘密》中共有短文四十篇，自動物生態以至進化遺傳諸問題都有講到，每篇才七八頁，而談得很簡要精美，卷中如《貝殼崇拜》，《乳香與沒藥》，《鄉間的聲響》等文，至今想起還覺得可愛。

《自然史研究》亦四十篇而篇幅更短，副題曰「從著者作品中輯集的文選」，大約是特別給青年們讀的吧，《動物生活的秘密》中也有八九篇收入，卻是文句都改得更為簡短了。話雖如此，要想譯這節本亦仍不可能，只好終於割愛了去找別的，第二十一篇即第三分的第一篇題曰「秋天」，內分六節，今抄取其關於落葉的一節於下：

「最足以代表秋天的無過於落葉的悉索聲了。它們生時是慈祥的，因為植物所有的財產都是它們之賜，在死時它們亦是美麗的。在死之前，它們把一切還給植物，一切它們所僅存的而亦值得存的東西。它們正如空屋，住人已經跑走了，臨走時把好些傢俱毀了燒了，幾乎沒有留下什麼東西，除了那灶裡的灰。但是自然總是那麼豪爽的肯用美的，垂死的葉故有那樣一個如字的所謂死灰之美。」

第二十五篇是專談落葉的，覺得有可以互相說明的地方，再抄幾節也好：

「但在將死之先，葉子把一切值得存留的它們工作的殘餘都還給那長著它們的樹身。有糖分和其他貴重物質從垂死的葉慢慢地流到樹幹去，在冬天的氣息吹來以前。

「那樹葉子在將死時也與活著時同樣地有用，漸漸變成空虛，只餘剩廢物了，在那貴重物質都退回防冬的庫房的時候，便要真預備落下了。在葉柄的底下，平常是很韌很結實的，現在從裡邊長出一層柔軟多汁的細胞來，積極地增加擴大成為一個彈簧椅墊，這就把葉子擠掉，或是使葉與枝的附著很是微少，一陣風來便很容易把那繫聯生死的橋折斷了。這是一種很精良的外科，在手術未行之先已把創痕治好了的。

「的確到現在那葉子是死了，只是空屋，一切器用門窗都拆卸了，差不多剩下的只有灶裡的灰了。但是那些灰——多麼華麗呀！黃的和橙色的，紅的和紫的，緋的和赤的，那些枯葉發出種種色彩。它們變形了，在這死的一剎那，在秋陽的微光裡。黃色大抵由於所謂葉綠這色素的分解，更深的顏色則由於特種色素的存在，這都是葉子的緊張的生活裡的副產物或廢物。

「末了，葉子輕輕地從樹上落下了，或是在風中宛轉掙扎悉索作聲，好像是不願意離開似的，終於被強暴地拉下來滾在地上了。但是那樹雖然年年失掉葉子，卻並不因此而受什麼損失，因為葉子褪色了，枯了落了，被菌類所黴化了，於是被蚯蚓埋到地下去，又靠了微生物的幫助，使它變成植物性的壞土，這裡邊便保育著來年的種子。」

文章實在譯不好，可是沒有法子。假如我有自然史的廣博的知識，覺得還不若自己來寫可以更自在一點，不過寫的自在是一問題，而能否這樣的寫得好又是另一問題。像《秋天》裡的那一節，寥寥五句，能夠將科學與詩調和地寫出，可以說是一篇落葉贊，卻又不是四庫的那一部文選所能找得出的，真是難能稀有也。

我們搖筆想寫出此種文章來，正如畫過幾筆墨梅的文士要去臨模文藝復興的名畫，還該免動尊手。莫怪滅自己的威風，我們如想有點科學小品看看，還得暫時往外國去借。說也奇怪，中國文人大都是信仰「文藝政策」的，最不高興人家談到蒼蠅，以為無益於人心世道也，准此則落葉與蚯蚓與輪蟲縱說得怎麼好亦復何用，豈有人肯寫或准寫乎，中國在現今雖嚷嚷科學小品，其實終於只一名詞，或一新招牌如所謂衛生臭豆腐而已。

（二十四年四月）

貓頭鷹

陸璣《毛詩草木鳥獸蟲魚疏》卷下，流離之子條下云：

「流離，梟也，自關而西謂梟為流離。適長大還食其母，故張奐云，鶹鷅食母，許慎云，梟不孝鳥，是也。」趙佑《校正》案語云：

「竊以鴞梟自是一物，今俗所謂貓頭鷹，謂即古之鴞鳥一名休鶹者，人常捕之。頭似貓而翼尾似鷹，目晝昏夜明，故捕之常以晝，其鳴常以夜，如號泣。哺其子既長，母老不能取食以應子求，則掛身樹上，子爭啖之飛去。其頭懸著枝，故字從木上鳥，而梟首之象取之。以其性貪善餓，又聲似號，故又從號，而枵腹之義取之。」

梟鴟害母這句話，在中國大約是古已有之。其實貓頭鷹只是容貌長得古怪，聲音有點特別罷了。除了依照肉食鳥的規矩而行動之外，並沒有什麼惡行。世人卻很不理解他，不但十分嫌惡，還要加以意外的譭謗。

中國文人不知從那裡想出來地說他啄母食母，趙鹿泉又從而說明之，好像是實驗過的樣子，可是那頭掛得有點蹊蹺，除非是像胡蜂似的咬住了樹枝睡午覺。

姚元之《竹葉亭雜記》卷六有一則云：

「乙卯二月余在籍，一日喧傳滁岑有大樹自鳴，聞者甚眾，至晚觀者亦眾。以爆驅之，聲少歇；少頃復鳴，如此數夜。其聲若人長吟，乍高乍低，不知何怪，言者俱以為不祥，後亦無他異。有老人云，鴞鳥生子後即不飛，俟其子啄其肉以自哺。啄時即哀鳴，數日食盡則止。有人搜樹視之，果然。可知少見多怪，天下事往往如是也。」

還有一本什麼人的筆記，我可惜忘記了，裡邊也談到這個問題，說梟鳥不一定食母，只是老了大抵被食，窠內有毛骨可以為證。這是說他未必不孝，不過要吃同類，卻也同樣地不公平，而且還引毛骨證明其事，尤其是莫須有的冤獄了。

英國懷德（Gilbert White）在《色耳邦自然史》中所說卻很不同，這在一七七三年七月八日致巴林頓氏第十五信中：

「講到貓頭鷹，我有從威耳茲州的紳士聽來的一件事可以告訴你。他們正在挖掘一棵空心的大秦皮樹，這裡邊做了貓頭鷹的館舍已有百十來年了，那時他在樹底發見一堆東西，當初簡直不知道是什麼。略經檢查之後，他看出乃是一大團的鼷鼠的骨頭（或者還有小鳥和蝙蝠的），這都從多少代的住客的嗉囊中吐出，原是小團球，經過歲月便積成大堆了。蓋貓頭鷹將所吞吃的東西的骨頭毛羽都吐出來，同那鷹一樣。他說，樹底下這種物質一共總有好幾斗之多。」

姚元之所記事為乾隆六十年，即西曆一七九五，為懷德死後二年，而差異如此，亦大奇也。

據懷德說，貓頭鷹吞物而吐出其毛骨，可知啄母云云蓋不可能。斯密士（R・B・Smith）著《鳥生活與鳥志》，凡文十章皆可讀，第一章談貓頭鷹，敘其食鼠法甚妙：

「馴養的白貓頭鷹——馴者如此，所以野生者亦或如此——處分所捉到的一個鼷鼠的方法甚是奇妙。他銜住老鼠的腰約有一兩分鐘，隨後忽然把頭一擺，將老鼠拋到空中，再接住了，頭在嘴裡。頭再擺，老鼠頭向前吞到喉裡去了，只剩尾巴拖在外邊，經過一兩分鐘沉思之後，頭三擺，尾巴就不見了。」

上邊又有一節講他吐出毛骨的事，不辭煩聒，抄錄在這裡，因為文章也寫得清疏，不但可為貓頭鷹作辯護也。

「他的家如在有大窟洞的樹裡的時候，你將時常發見在洞底裡有一種軟塊，大約有一斗左右的分量，這當初是一個個的長圓的球，裡邊全是食物之不消化部分，即他所吞食的動物的毛羽骨頭。這是自然的一種巧妙安排，使得貓頭鷹還有少數幾種鳥如馬糞鷹及魚狗凡是囫圇吞食的，都能因了猛烈的接連的用力把那些東西從嘴裡吐出來。

「在檢查之後，這可以確實地證明，就是獵場監督或看守人也都會明白，他不但很有益於人類，而且向來人家說他所犯的罪如殺害小竹雞小雉雞等事他也完全沒有。在母鳥正在孵蛋的樹枝間或地上，又在她的忠實的配偶坐著看護著的鄰近的樹枝間，都可以見到這些毛團保存著完整的橢圓形。

「這軟而濕的毛骨小塊裡邊，我嘗找出有些甲蟲或蠍蝍的硬甲，這類食物從前不曾有人會猜想到是白貓頭鷹所很愛吃的。德國人是大統計學家，德國博物學者亞耳通博士曾仔細地分析過許多貓頭鷹所吐的毛團。他在住倉貓頭鷹的七百另六個毛團裡查出二千五百二十五個大鼠，鼷鼠，田鼠，臭老鼠，蝙蝠的殘骨，此外只有二十二個小鳥的屑片，大抵還是麻雀。檢查別種的貓頭鷹，其結果也相彷彿。

「據說狗如沒有骨頭吃便要生病，故鼠類的毛骨雖然是不消化的東西，似乎在貓頭鷹的消化作用上卻是一種必要的幫助。假如專用去了毛骨的肉類飼養貓頭鷹，他就將憔悴而死。」

這末了的一句話是確實的，我在民國初年養過一隻小貓頭鷹，不過半年就死了，因為專給他好肉吃，實在也無從去捉老鼠來飼他。《一切經音義》七引舍人曰，狂一名茅鴟，喜食鼠，大目也。中國古人說梟鴟說得頂好的恐怕要算這一節了吧。

中國關於動物的謠言向來很多，一直到現在沒有能弄清楚。螟蛉有子的一件梁朝陶弘景已不相信，又有後代好些學者附議，可是至今還有好古的人堅持著化生之說的。事實勝於雄辯，然而觀察不清則實驗也等於幻想。

《酉陽雜俎》十六廣動植中云：

「蟬未脫時名復育，相傳言蛣蜣所化。秀才韋翾莊在杜曲，嘗冬中掘樹根，見復育附於朽處，怪之，村人言蟬固朽木所化也。翾因剖一視之，腹中猶實爛木。」即其一例。

姚元之以樹中鳴聲為老鴞被食，又有人以所吐毛骨為證，是同一覆轍，但在英國的鄉下紳士見之便不然了，他知道貓頭鷹是吞食而又吐出毛骨的，這些又都是什麼小動物的毛骨。中國學者如此格物，何能致知，科學在中國之不發達蓋自有其所以然也。

（二十四年五月）

第二卷　書緣

古槐夢遇序

平伯說，在他書房前有一棵大槐樹，故稱為古槐書屋。有一天，我走去看他，坐南窗下而甚陰涼，窗外有一棵大樹，其大幾可蔽牛，其古準此，及我走出院子裡一看，則似是大榆樹也。

平伯在郊外寓居清華園，有一間秋荔亭，在此刻去看看必甚佳也，詳見其所撰記中。前日見平伯則云將移居，只在此園中而房屋則當換一所也。我時坐車上，回頭問平伯曰，有亭乎？答曰，不。曰，荔如何？曰，將來可以有。

昔者玄同請太炎先生書急就廎額，太炎先生跋語有云，至其廎則尚未有也。大抵亭軒齋庵之名皆一意境也，有急就而無廎可也，有秋荔有亭而今無亭亦可也，若書屋則宛在，大樹密陰，此境地確實可享受也，尚何求哉，而我於此欲強分別槐柳，其不免為癡人乎。

平伯在此境地中寫其《夢遇》，倏忽得百則，——未必不在城外寫，唯懸想秋荔亭太清朗，宜於拍曲，或非寫此等文章之地耳。平伯寫此文本來與我無干，寫了數則後即已有廢名為作題記，我因當時平伯正寫《連珠》，遂與約寫到百章當為作小序，其後《連珠》的生長雖然不急速，序文我卻越想越難，便改變方針，答應平伯寫《夢遇》的序，於是對於它的進行開始注意，乃有倏忽之感焉。昨天聽平伯說百則尚餘其三，所以我現在不暇再去詮索《夢遇》百篇的意義，卻是計畫寫序文要緊了。

講到夢，我是最怕夢。古有夢書，夢有徵驗，我倒還不怕，自從心理分析家對於夢有所解釋，而夢大難做矣。

《徐文長集》卷二有四言詩題云：「予嘗夢畫所決不為事，心惡之，後讀唐書李堅貞傳，稍解焉。」不過文長知惡夢而尚多寫詩文，則還是未知二五之得一十也。彼心理分析家不常以詩文與夢同樣的做材料而料理之耶？夢而寫以文章，文章而或遇之於夢，無論如何，平伯此卷想更加是危乎殆哉了。

我做夢差幸醒了即忘，做的文章與說的話一樣裡邊卻有夢在，差幸都被放免。只有弄莫爾幹的，沒有弄茀洛伊特的文藝批評家，真真大幸，此則不特我與平伯可以安心，即徐文長亦大可不必再多心者也。

古人所寫關於夢的文章我只見到一種，即黃周星的《豈想庵選夢略刻》。書凡一卷，在康熙刻本《九煙先生別集》中，共四十八則，七分之六是記詩句，只有一分記些情景卻頗奇妙。情景之外有什麼思想呢？那我覺得有點難說，並不是對於九煙先生不大尊重，我只想他有些斷句很佳，如二十七則云：天下但知吾輩好，一柈杏酪在江南。《選夢略刻》上有云間朱日荃序，殊不得要領，我讀了憮然，為的是想到此序之不易寫也。

因此我只能這樣的亂寫一起罷了，有了三四十行文字便好。但是，我要對讀者聲明一聲，列位不要因為這序文空虛詼詭的緣故對於本文不去精細的讀，不能領取文章與思想的美，如此便是自己損失，如入寶山空手回，莫怪上了別人的當也。

中華民國念三年十月念一日，於北平苦茶庵。

重刊袁中郎集序

林語堂先生創議重刊袁中郎全集，劉大傑先生擔任編訂，我覺得這是很有意義的事。公安派在明季是一種新文學運動，反抗當時復古贗古的文學潮流，這是確實無疑的事實，我們只 須看後來古文家對於這派如何的深惡痛絕，歷明清兩朝至於民國現在還是咒罵不止，可以知道他們加於正統派文學的打擊是如何的深而且大了。

但是他們的文字不但觸怒了文人，而且還得罪了皇帝，三袁文集於是都被列入禁書，一概沒收銷毀了事，結果是想看的固然沒得看，就是咒罵的人也無從得見，只好閉了眼睛學嘴學舌的胡亂說一番而已。我們舉一個例，直介堂叢刻中有《萇楚齋隨筆》，正續各十卷，廬江劉聲木十枝撰，有己巳五月序，即民國十八年也，《隨筆》卷三第十六則云：

「明末詩文派別至公安竟陵可謂妖妄變幻極矣，亡國之音固宜如此，時當末造，非人力所能挽回，世多不知其名氏撰述，爰記之於下，以昭後世之炯戒。公安三袁，一庶子宗道，即士瑜，撰《海蠡編》二卷。一吏部郎中中道，撰述無傳。一吏部郎中宏道，獨宏道撰述甚富，撰有《觴政》一卷，《瓶花齋雜錄》一卷，《袁中郎集》四十卷，《明文雋》八卷。竟陵為鍾惺譚友夏，俱天門人。」

又《續筆》卷四第十一則云：

「里安陳懷孟沖父（案此處原文如是）撰有《獨見曉齋叢書》，其第一種為《辛白論文》一卷，共九篇，其篇目有云文性文情文才文學文識文德文時等目，只須見其目即知其深中明季山人之習，墜入竟陵公安一派，實為亡國之音。」

此書作者是桐城派，其反對公安本不足異，唯高談闊論而伯修之《白蘇齋類集》與小修之《珂雪齋集選》似均未見，又於中郎集外別列《觴政》可知其亦未曾見過此集也。其實珂雪齋雖是難得，白蘇齋與梨雲館本中郎集在道光年均有翻刻，而或因被罵太久之故也竟流傳不廣，以致連罵者亦未能看見，真真一大奇事。這回把中郎集印了出來，使得大家可以看看，功德無量。無論意見如何，總之看了再說，即使要罵也有點兒根據。

中郎是明季的新文學運動的領袖，然而他的著作不見得樣樣都好，篇篇都好，翻過來說，擬古的舊派文人也不見得沒有一篇可取，因為他們到底未必整天整夜的裝調作勢，一不小心也會寫下一小篇即興的文章來，如專門模仿經典的楊子雲做有《酒箴》，即是一例。

中郎的詩，據我這詩的門外漢看來，只是有消極的價值，即在他的反對七子的假古董處，雖然標舉白樂天蘇東坡，即使不重模仿，與瓣香李杜也只百步之差，且那種五七言的玩意兒在那時候也已經做不出什麼花樣來了，中郎於此不能大有作為原是當然，他所能做的只是阻止更舊的，保持較新的而已。

在散文方面中郎的成績要好得多，我想他的遊記最有新意，傳序次之，《瓶史》與《觴政》二篇大約是頂被人罵為山林惡習之作，我卻以為這很有中郎特色，最足以看出他的性情風趣。尺牘雖多妙語，但視蘇黃終有間，比孫仲益自然要強，不知怎的尺牘與題跋後來的人總寫不過蘇黃，只有李卓吾特別點，他信裡那種鬥爭氣分也是前人所無，後人雖有而外強中乾，卻很要不得了。

中郎反抗正統的「賦得」文學自是功在人間，我們懷念他的功績，再看看他的著作，成就如何，正如我們讀左拉的小說，看他與自然主義的理論離合如何，可以明瞭文學運動的理想與現實，可以知人論世，比單憑文學史而議論得失，或不看作品而信口雌黃，總要較為可靠乎。

中郎喜談禪，又談淨土，著有《西方合論》十卷，這一部分我所不大喜歡，東坡之喜談修煉也正是同樣的一種癖。伯修與小修，陶石簣石梁，李卓吾屠長卿，也都談佛教，這大約是明末文壇的普通現象，正統派照例是儒教徒，而非正統派便自然多逃儒歸佛，佛教在那時雖不是新思想，卻總是一個自由天地，容得他們托足，至於是否夠說信仰，那我就不好代為回答了。

反對這些新文學潮流的人罵他們妖妄變幻，或者即側重此點，我看《萇楚齋隨筆》中屢次說到明朝之亡由於李屠諸人之信佛教毀倫常，可以參證，不過李屠以及二陶三袁固然與佛有關，竟陵的鍾譚似並不這樣，然則此文所云又是疑問了。

正統派罵公安竟陵為亡國之音，我疑心這句話自從甲申以後一直用到如今了罷，因為明朝亡了是千真萬確的事實，究竟明朝亡於何人何事也是公說公有理婆說婆有理，而且更是死無對證，我想暫不討論，但是什麼是亡國之音，這件事似乎還可以來探討一下。

有人說，亡國之音便是公安竟陵那樣的文章。這樣的乾脆決斷，彷彿事情就完了，更無話可說。然而不然。所謂亡國之音這是有出典的，而且還出在經書裡。查《禮記》，《樂記》第十九云：「亡國之音哀以思，其民困。」孔穎達疏云：「亡國謂將欲滅亡之國，樂音悲哀而愁思，亡國之時民心哀思，故樂音亦哀思，由其人困苦故也。」後又云：「桑間濮上之音，亡國之音也。」鄭玄注云：「濮水之上地有桑間者，亡國之音於此之水出也。昔殷紂使師延作靡靡之樂，已而自沉於濮水，後師涓過焉，夜聞而寫之，為晉平公鼓之，是之謂也。」

在同一篇中，有兩樣說法，迴不相同，一說樂音哀思，一說靡靡之樂，令人無所適從。鄭玄雖然也是大儒，所說又有韓非做根據，但是我們總還不如信託經文，採取哀思之說，而桑間濮上應即承上文而言，至於其音是否哀以思，是否與上文不矛盾，則書缺有間，姑且存疑。中郎的文章說是有悲哀愁思的地方原無不可，或者這就可以說亡國之音。

《詩經·國風》云：

「有兔爰爰，雉離於羅。
我生之初，尚無為。
我生之後，逢此百罹。
尚寐無吪！」

這種感情在明季的人心裡大抵是很普通罷。有些閒適的表示實際上也是一種憤懣，即尚寐無吪的意思。

外國的隱逸多是宗教的，在大漠或深山裡積極的修他的勝業，中國的隱逸卻是政治的，他們在山林或在城市一樣的消極的度世。長沮桀溺曰，「滔滔者天下皆是也，而誰與易之，」便說出本意來。不過這種情形我想還應用《樂記》裡別一句話來包括才對，即是「亂世之音怨以怒，其政乖」。孔穎達解亡國為將欲滅亡之國，這也不對，亡國便乾脆是亡了的國，明末那些文學或可稱之曰亂世之音，顧亭林傅青主陳老蓮等人才是亡國之音，如吳梅村臨終的詞亦是好例。

閒話休提，說亂世也好，說亡國也好，反正這都是說明某種現象的原因，《樂記》云，「情動於中故形於聲，聲成文謂之音，」其情之所以動，則或由世亂政乖，或由國亡民困，故其聲亦或怨怒或哀思，並不是無緣無故的會忽發或怨怒或哀思之音，更不是有人忽發怨怒之音而不亂之世就亂，或忽發哀思之音而不亡之國會亡也。

中郎的文章如其是怨以怒的，那便是亂世之音，因為他那時的明朝正是亂世，如其是哀以思的，那就可以算是亡國之音，因為明末正是亡國之際，「時當末造，非人力所能挽回」，所可說的如此而已，有什麼可以「昭後世之炯戒」的地方呢？使後世無復亂世，則自無復亂世之音，使後世無覆亡國，則自無覆亡國之音，正如有飯吃飽便不面黃肌瘦，而不生楊梅瘡也就不會鼻子爛落也。然而正統派多以為國亡由於亡國之音，一個人之沒有飯吃也正由於他的先面黃肌瘦，或生楊梅瘡乃由於他的先沒有鼻子。

嗚呼，熟讀經典者乃不通《禮記》之文，一奇也。中郎死將三百年，事隔兩朝，民國的文人乃尚欲聲討其亡國之罪，二奇也。關於此等問題不佞殆只得今天天氣哈哈哈矣。

說到這裡，或者有人要問，足下莫非是公安派或竟陵派乎？莫非寫亡國之音者乎？這個疑問也問得當然，但是我慚愧不能給他一個肯定的答語。

第一，我不是非宗教者，但實是一個無宗教者。我的新舊教育都不完全，我所有的除國文和三四種外國文的粗淺知識以外，只有一點兒生物的知識，其程度只是丘淺治郎的《生物學講話》，一點兒歷史的知識，其程度只是《綱鑑易知錄》而已，此外則從藹理斯得來的一絲的性的心理，從茀來則得來的一毫的社會人類學，這些雞零狗碎的東西別無用處，卻盡夠妨礙我做某一家的忠實的信徒。對於一切東西，凡是我所能懂的，無論何種主義理想信仰以至迷信，我都想也大抵能領取其若干部分，但難以全部接受，因為總有其一部分與我的私見相左。

公安派也是如此，明季的亂世有許多情形與現代相似，這很使我們對於明季人有親近之感，公安派反抗正統派的復古運動，自然更引起我們的同感，但關係也至此為止，三百年間遲遲的思想變遷也就不會使我們再去企圖復興舊廟的香火了。我佩服公安派在明末的新文學運動上的見識與魄力，想搜集湮沒的三袁著作來看看，我與公安派的情分便是如此。

第二，我不是文學家，沒有創作，也說不上什麼音不音。假如要說，無論說話寫字都算是音，不單是創作，原來《樂記》的所謂音也是指音樂，那麼，我也無從抵賴。是的，我有時也說話也寫字，更進一步說，即不說話不寫字亦未始不可說是音，沉默本來也是一種態度，是或怨怒或哀思的表示。

中國現在尚未亡國，但總是亂世罷，在這個時候，一個人如不歸依天國，心不旁騖，或應會試作「賦得文治日光華」詩，手不停揮，便不免要思前想後，一言一動無不露出消極不祥之氣味來，何則，時非治世，在理固不能有好音，此查照經傳可得而斷言者也。國家之治亂興亡自當責有攸歸，茲不具論，若音之為亂世或亡國，則固由亂世或亡國的背景造成之，其或怨怒或哀思的被動的發音者應無庸議。

今之人之不能不面黃肌瘦者真是時也命也，不佞豈能獨免哉，不佞非公安派而不能逃亡國之音之諡者亦是時也命也。吾於是深有感於東北四省之同胞，四省之人民豈願亡國哉，亦並何嘗豫為亡國之音，然而一旦竟亡，亦是時也命也。我說時與命者言此與人民之意志無關，與文學之音亦無關也，音之不祥由於亡國，而亡國則由於別事，至少決不由於音之祥不祥耳。人苟少少深思，正當互相歎惋，何必多嘵嘵也。

閒話說得太多了，而實於中郎無甚關係，似乎可以止住了。重刊中郎集鄙意以為最好用小修所編訂本，而以別本校其異同，增加附錄，似比另行編輯為適宜。標點古書是大難事，錯誤殆亦難免。此在重刊本體例上似有可商者，附識於此，以示得隴望蜀或求全責備之意云爾。

中華民國二十三年十一月十三日，識於北平。

現代散文選序

席珍君編《現代散文選》，叫我寫一篇序文。孫君是同鄉舊友，我覺得義不容辭，其次又覺得關於這題目還有話可說，所以答應了。可是答應下來之後，一擱就是一暑假加另，直到現在孫君來催，說本文差不多已經印齊了，這才沒法只得急忙來趕寫。

我說急忙，這裡含有張惶之意。為什麼呢？我當初答應寫序文，原是心裡打算有話可說的，但是後來仔細思索，卻又發見可說的話並不多，統寫下來也不過半頁上下，決不能算一篇序。而且這些話大半又曾經在什麼地方說過的，現在再拿來說，雖然未必便是文抄公，也總有點不合式，至少也是陳年不新鮮。

那麼怎麼辦呢？說也奇怪，我對於新文學的現代散文說不出什麼來，對於舊文學的古文卻似乎頗有所知，也頗有點自信。這是否為的古人已死，不妨隨意批評，還是因為年紀老大，趨於反動復古了呢？

這兩者似乎都不是。昭明太子以及唐宋八大家確是已死，但我所說的古文並不限於他們，是指古今中外的人們所做的古文，那麼這裡邊便包括現代活人在內，對於這些活人所寫的古文我仍然要不客氣的說，這是一。年紀大了，見聞也加多，有些經驗與感情是庚子辛亥丙辰丁巳以後誕生的青年諸公所不知道的，但是壓根兒還是現代人，所寫的無論那一篇都是道地的現代文，一絲一毫沒有反動的古文氣，此其二。

然而我實在覺得似乎更確實的懂得古文的好壞，這個原因或者真是我懂得古文，知道古文的容易做所以也容易看罷。

這個年頭兒，大家都知道，正是古文反動的時期。文體改變本來是極平常的事，於人心世道國計民生了無干係，如日本自明治上半文學革命，一時雖有雅俗折衷言文一致種種主張，結果用了語體文，至於今日雖是法西斯蒂高唱入雲之際，也並沒有人再來提出文言復興，因為日本就是極右傾的人物也知道這些文字上的玩意兒是很無聊極無用的事。

日本維新後，科學的醫術從西洋傳了進去，玄學的漢法醫隨即倒地，再也爬不起來，槍炮替代了弓箭大刀，拳術也只退到練習手眼的地位。在中國卻不然，國家練陸軍，立醫學校，而「國醫國術」特別蒙保護優待，在民間亦十分珍重信託。

古文復興運動同樣的有深厚的根基，彷彿民國的內亂似的應時應節的發動，而且在這運動後面都有政治的意味，都有人物的背景。五四時代林紓之於徐樹錚，執政時代章士釗之於段祺瑞，現在汪懋祖不知何所依據，但不妨假定為戴公傳賢罷。只有《學衡》的復古運動可以說是沒有什麼政治意義，真是為文學上的古文殊死戰，雖然終於敗績，比起那些人來要更勝一籌了。

非文學的古文運動因為含有政治作用，聲勢浩大，又大抵是大規模的復古運動之一支，與思想道德禮法等等的復古相關，有如長蛇陣，反對的人難以下手總攻，蓋如只擊破文學上的一點仍不能取勝，以該運動本非在文學上立腳，而此外的種種運動均為之支拄，決不會就倒也。但是這一件事如為該運動之強點，同時卻亦即其弱點。何也？

該運動如依託政治，固可支持一時，唯其性質上到底是文字的運動，文字的運動而不能在文學上樹立其基礎，則究竟是花瓶中無根之花，雖以溫室硫黃水養之，亦終不能生根結實耳。

古文運動之不能成功也必矣，何以故？歷來提倡古文的人都不是文人——能寫文章或能寫古文者，且每下愈況，至今提倡或附和古文者且多不通古文，不通古文者即不懂亦不能寫古文者也，以如此的人提倡古文，其結果只平空添出許多不通的古文來而已。

我不能寫古文，卻自信頗懂得其好醜，嘗欲取八大家與桐城派選拔其佳者訂為一卷，因事忙尚未果，現今提倡古文者如真能寫出好古文來，不佞亦能賞識之，一面當為表彰，一面當警告寫白話文者趕緊修戰備，毋輕敵。今若此，我知其無能為矣，社會上縱或可占勢力，但文學上總不能有地位也。

古文既無能為，則白話文的前途當然很有希望了。但是，古文者文體之一耳，用古文之弊害不在此文體而在隸屬於此文體的種種復古的空氣，政治作用，道學主張，模仿寫法等。白話文亦文體之一，本無一定屬性，以作偶成的新文學可，以寫賦得的舊文學亦無不可，此一節不可不注意也。如白話文大發達，其內容卻與古文相差不遠，則豈非即一新古文運動乎。爾時散文雖豐富，恐孫君將選無可選，而不佞則序文可以不寫，或者亦是塞翁之一得耳。

二十三年十一月十六日，識於北平。

長之文學論文集跋

李長之君在北大理預科時我就認識他。他學過生物，又轉習哲學，愛好文學，常寫些批評文。這回要選集了出一本書，叫我寫序，這個我當然願意作，雖然我的文學小鋪早已關門，對於文學不知道怎麼說好，但是我相信以李君的學力與性格去做文學批評的工作總是很適當能勝任的，所以關於本題權且按下不表，我在這裡只能來說幾句題外的閒話罷了。

我讀李君的文章留下印象最深的一點是他對於兒童的關切。在現今的中國，我恐怕教育上或文藝上對於這個問題不大注意久矣夫已非一日了罷。說也奇怪，家裡都有小孩，學校內和街上也都是，然而試問兒童是什麼？誰知道！

或者這是一種什麼小東西子罷，或者這是小的成人，反正沒有多大關係。

民國初年曾經有人介紹過蒙德淑利的「兒童之家」，一時也頗熱鬧，我在東南的鄉下見到英文書也有十種之譜，後來我都寄贈給北京女高師，現在大約堆在什麼地方角落裡，中國蒙德淑利的提倡久已消滅，上海大書店所製的蒙氏教具也早無存貨罷。幼稚園，這實在可稱為「兒童之園」，因為正式列入教育統系的緣故，總算至今存在，似乎也有點只幼稚而不園，福勒貝爾大師的兒童栽培法本來與郭橐駝的種樹法相通，不幸流傳下來均不免貌似神離，幼稚園總也得受教育宗旨的指揮，花兒匠則以養唐花紮鹿鶴為事了。

聽說現代兒童學的研究起於美洲合眾國，斯丹萊霍耳博士以後人才輩出，其道大昌，不知道何以不曾傳入中國？論理中國留學美國的人很多，學教育的人更不少，教育的對象差不多全是兒童，而中國講兒童學或兒童心理的書何以竟稀若鳳毛麟角，關於兒童福利的言論亦極少見，此固一半由於我的孤陋寡聞，但假如文章真多，則我亦終能碰見一篇半篇耳。據人家傳聞，西洋在十六世紀發見了人，十八世紀發見了婦女，十九世紀發見了兒童，於是人類的自覺逐漸有了眉目，我聽了真不勝歆羨之至。中國現在已到了那個階段我不能確說，但至少兒童總尚未發見，而且也還未曾從西洋學了過來。

自從文章上有救救孩子的一句話，這便成為口號，一時也流行過。但是怎樣救法呢，這還未見明文。我的「杞天之慮」是，要瞭解兒童問題，同時對於人與婦女也非有瞭解不可，這須得先有學問的根據，隨後思想才能正確。狂信是不可靠的，剛脫了舊的專斷便會走進新的專斷。

我又說，只有不想吃孩子的肉的才真正配說救救孩子。現在的情形，看見人家蒸了吃，不配自己的胃口，便嚷著要把「它」救了出來，照自己的意思來炸了吃。可憐人這東西本來總難免被吃的，我只希望人家不要把它從小就「棧」起來，一點不讓享受生物的權利，只關在黑暗中等候餵肥了好吃或賣錢。舊禮教下的賣子女充饑或過癮，硬訓練了去升官發財或傳教打仗，是其一；而新禮教下的造成種種花樣的信徒，亦是其二。

我想人們也太情急了，為什麼不能慢慢的來，先讓這班小朋友們去充分的生長，滿足他們自然的欲望，供給他們世間的知識，至少到了中學完畢，那時再來誘引或哄騙，拉進各派去也總不遲。現在卻那麼迫不及待，道學家恨不得奪去小孩手裡的不倒翁而易以俎豆，軍國主義者又想他們都玩小機關槍或大刀，在幼稚園也加上戰事的訓練，其他各派准此。這種辦法我很不以為然，雖然在社會上頗有勢力。蒙德淑利與福勒貝爾的祖國都變成了法西斯的本場，教育與文藝都隸屬於政治之下，壯丁已只是戰爭之資料，更何論婦女與兒童乎，此時而有救救孩子的呼聲，如不是類似拍花子的甘言，其為大膽深心的書呆子的歎息蓋無疑矣。

天下之書呆子少而拍花子多蓋不得已之事也。老實說，我對於救救孩子的呼聲一點兒都不相信，李君對於欺騙小孩子的甚為憤慨，常有言論，這我最有同感。教育家不把兒童看在眼裡，但是書店卻把他們看在眼裡的，這就是當作主顧看，於教科書之外再擺出些讀物來，雖然他們如親自到櫃檯邊去卻也仍舊要遇著夥計們的白眼的。

中國學者中沒有注意兒童研究的，文人自然也同樣不會注意，結果是兒童文學也是一大堆的虛空，沒有什麼好書，更沒有什麼好畫。在日本這情形便很不相同，學者文人都來給兒童寫作或編述，如高木敏雄，森林太郎，島崎藤村，鈴木三重吉等皆是，畫家來給兒童畫插畫，竹久夢二可以說是少年少女的畫家，最近如田河水泡畫作的「凸凹黑兵衛」的確能使多多少少的小兒歡喜笑跳，就是我們讀了也覺得有興趣。

可惜中國沒有這種畫家，一個也沒有。——可是這有什麼法子。第一，實在天不生這些人才。第二，國民是整個的，政客軍人教育家文士畫師，好總都好，壞也都壞，單獨期望誰都不成，攻擊誰也都不大平安。李君卻要說話，這是我所最佩服的。我也記不清是那幾篇文章了，也不知是批評出版還是思想那一方面的權威了，總之我記得的是李君對於兒童的關切，其次是說話的勇氣，不佞昔日雖曾喜談虎，亦自愧弗如矣。

李君的書是批評論文集，我這樣的亂說一番，未免有點文不對題。但是我早同李君說過，我寫序跋是以不切題為宗旨的。還有一層，我說李君對於兒童的關切等等，即使集中很少這些論文也並不妨，反正這是李君的一種性格，我不敢論文，只少少論人而已。至於論人假如仍舊論得不切題，那麼這也就包括在上文所說之內，請大家原諒可也。

二十三年十一月二十日，識於北平。

墨憨齋編山歌跋

明末清初文壇上有兩個人，當時很有名，後來埋沒了，現在卻應當記憶的，一是唱經堂金聖歎，二是墨憨齋馮夢龍，——此外還有湖上笠翁，現在且按下不表。

關於金聖歎的事蹟，《心史叢刊》中有一篇考，說得頗詳細。佩服聖歎的人後世多有，但我想還應以清初的劉繼莊與廖柴舟為代表。廖柴舟的《二十七松堂文集》卷十四有一篇《金聖歎先生傳》，聖歎死後三十五年過吳門，「訪先生故居而莫知其處，因為詩吊之，並傳其略」云。

傳末論斷曰：

「予讀先生所評諸書，領異標新，迥出意表，覺作者千百年來至此始開生面，嗚呼，何其賢哉。」

又曰：

「然畫龍點睛，金針隨度，使天下後學悉悟作文用筆墨法者，先生力也。」

柴舟對於聖歎極致傾倒，至於原因則在其能揭發「文章秘妙」，有功後學。劉繼莊著《廣陽雜記》五卷，有兩處說及聖歎。卷三講到潘良耜的《南華會解》，以內七篇為宗，外篇雜篇各以類從分附七篇之後，云：

「後遊吳門，見金聖歎先生所定本，亦依此序而刪去《讓王》《漁父》《盜蹠》《說劍》四篇，而置《天下》篇於後。予嘗問金釋弓曰，曾見潘本《會解》否？釋弓曰，唱經堂藏此本，今籍沒入官矣。則聖歎當時印可此書可知。」卷四說蜀中山水之奇，「自幼熟讀杜詩，若不入蜀，便成唐喪」，後云：

「唱經堂於病中無端忽思成都，有詩云，卜肆垂簾新雨霽，酒壚眠客亂花飛，餘生得到成都去，肯為妻兒一灑衣。想先生亦是杜詩在八識田中作怪，故現此境，不然先生從未到成都，何以無端忽有此想耶。」

全謝山為繼莊作傳，末有附識兩則，其二曰：

「繼莊之才極矣，顧有一大不可解者，其生平極許可金聖歎，故吳人不甚知繼莊，間有知之者則以繼莊與聖歎並稱，又咄咄怪事也。聖歎小才耳，學無根柢，繼莊何所取而許可之，乃以萬季野尚有未滿而心折於聖歎，則吾無以知之。然繼莊終非聖歎一流，吾不得不為別白也。」

謝山雖有學問卻少見識，故大驚小怪，其實這一個大不可解很易解，《廣陽雜記》卷二有此兩則云：

「余觀世之小人未有不好唱歌看戲者，此性天中之《詩》與《樂》也，未有不看小說聽說書者，此性天中之《書》與《春秋》也，未有不信占卜祀鬼神者，此性天中之《易》與《禮》也。聖人六經之教原本人情，而後之儒者乃不能因其勢而利導之，百計禁止遏抑，務以成周之芻狗茅塞人心，是何異壅川使之不流，無怪其決裂潰敗也。夫今之儒者之心為芻狗之所塞也久矣，而以天下大器使之為之，爰以圖治，不亦難乎。

「余嘗與韓圖麟論今世之戲文小說。圖老以為敗壞人心莫此為甚，最宜嚴禁者。余曰，先生莫作此說，戲文小說乃明王轉移世界之大樞機，聖人復起不能捨此而為治也。圖麟大駭。余為之痛言其故，反覆數千言，圖麟拊掌掀髯，歎未曾有。彼時只及戲文小說耳，今更悟得卜筮祠祀為《易》《禮》之原，則六經之作果非徒爾已也。」

茅塞儒者之心蓋已久矣，此段道理本甚平實的確，然而無人能懂，便是謝山似亦不解，當時蓋唯繼莊聖歎能知之耳。聖歎評《離騷》《南華》《史記》《杜詩》《西廂》《水滸》，以次序定為六才子，此外又取《易》《左傳》等一律評之，在聖歎眼中六經與戲文小說原無差別，不過他不注重轉移世界的問題而以文章秘妙為主，這一點是他們的不同而已。

說到這裡，馮夢龍當然也是他們的同志，他的傾向與聖歎相近，但他又不重在評點，而其活動的範圍比聖歎也更為博大。說也奇怪，聖歎著述有流傳而夢龍簡直不大有人知道，吾友馬隅卿先生搜集夢龍著作最多，研究最深，為輯墨憨齋遺稿，容肇祖先生曾撰論考發表，始漸見知於世。

墨憨齋在文學上的功績多在其所撰或所編的小說戲文上，此點與聖歎相同，唯量多而質稍不逮，可以雄長當時而未足津逮後世，若與聖歎較蓋不能不坐第二把交椅了，但在另一方面別有發展，即戲文小說以外的別種俗文學的編選，確是自具手眼，有膽識，可謂難能矣。

夢龍集史傳中笑談，編為《古今譚概》，又集史傳中各種智計，編為《智囊》正續兩編，此外復編《笑府》十三卷，則全係民間笑話也。今《譚概》尚可見到，後人改編為《古笑史》，有李笠翁序，亦不難得，《智囊》稍希見，而《智囊補》則店頭多有，且此種類似的書亦不少，如《智品》《遣愁集》皆是，唯《笑府》乃絕不可見，聞大連圖書館有一部，又今秋往東京在內閣文庫亦曾一見而已。

《笑府》有墨憨齋主人序曰：

「古今來莫非話也，話莫非笑也。兩儀之混沌開闢，列聖之揖讓征誅，見者其誰耶，夫亦話之而已。後之話今，亦猶今之話昔，話之而疑之，可笑也，話之而信之，尤可笑也。經書子史，鬼話也，而爭傳焉。詩賦文章，淡話也，而爭工焉。褒譏伸抑，亂話也，而爭趨避焉。或笑人，或笑於人，笑人者亦復笑於人，笑於人者亦復笑人，人之相笑寧有已時。笑府，集笑話也，十三篇猶云薄乎云爾。或閱之而喜，請勿喜，或閱之而嗔，請勿嗔。古今世界一大笑府，我與若皆在其中供話柄，不話不成人，不笑不成話，不笑不話不成世界。布袋和尚，吾師乎，吾師乎。」

《笑府》所收笑話多極粗俗，與《笑林廣記》裡的相似，《廣記》蓋即根據《笑府》而改編者，但編者已不署名，到了後來再改為《一見哈哈笑》等，那就更不行了。

笑話在中國古代地位本來不低，孔孟以及諸子都拿來利用過，唐宋時也還有人編過這種書，大約自道學與八股興盛以後這就被驅逐出文學的境外，直到明季才又跟了新文學新思想的運動而復活過來，墨憨齋的正式編刊《笑府》，使笑話再占俗文學的一個坐位，正是極有意義的事。

與這件事同樣的有意義的，便是他的編刊山歌了。《山歌》一書未曾有人說起，近為吾鄉朱君所得，始得一讀，書凡十卷，大抵皆吳中俗歌，末一卷為《桐城時興歌》，有序曰：

「書契以來，代有歌謠，太史所陳，並稱風雅，尚矣。自楚騷唐律，爭妍競暢，而民間性情之響，遂不得列於詩壇，於是別之曰山歌，言田夫野豎矢口寄興之所為，薦紳學士家不道也。唯詩壇不列，薦紳學士不道，而歌之權愈輕，歌者之心亦愈淺，今所盛行者皆私情譜耳。雖然，桑間濮上，國風刺之，尼父錄焉，以是為情真而不可廢也。山歌雖俚甚矣，獨非鄭衛之遺歟？且今雖季世，而但有假詩文，無假山歌，則以山歌不與詩文爭名，故不屑假。苟其不屑假，而吾藉以存真，不亦可乎。抑今人想見上古之陳於太史者如彼，而近代之留於民間者如此，倘亦論世之林云爾。若夫借男女之真情，發名教之偽藥，其功與掛枝兒等，故錄掛枝兒而次及山歌。」

案原書總題「童癡二弄」，然則其中應包含《掛枝兒》與《山歌》兩種，今《掛枝兒》已佚，僅存其《山歌》這一部分耳。序中所言與劉繼莊謂好唱歌為性天中之《詩》同一道理，繼莊在《廣陽雜記》卷四中又有一節，可以參證：

「舊春上元在衡山縣，曾臥聽採茶歌，賞其音調而於辭句懵如也。今又在衡山，於其土音雖不盡解，然十可三四領其意義，因之而歎古今相去不甚遠，村婦稚子口中之歌而有十五國之章法，顧左右無與言者，浩歎而止。」

袁中郎《錦帆集》卷二《小修詩序》中亦云：

「且夫天下之物孤行則必不可無，必不可無，雖欲廢焉而不能，雷同則可以不有，可以不有，則雖欲存焉而不能。故吾謂今之詩文不傳矣，其萬一傳者，或今閭閻婦人孺子所唱《擘破玉》《打草竿》之類，猶是無聞無識真人所作，故多真聲，不效顰於漢魏，不學步於盛唐，任性而發，尚能通於人之喜怒哀樂嗜好情欲，是可喜也。」

此種意義蓋當時人多能言之，唯言之不難，實行乃為難耳。墨憨齋編刊《童癡二弄》，所以可說是難能可貴，有見識，有魄力，或者這也是明末風氣，如袁中郎在《觴政》中舉《金瓶梅》為必讀書，無人見怪，亦未可知，但總之此類署名編刊的書別無發見，則此名譽仍不得不歸之墨憨齋主人也。

《山歌》十卷中所收的全是民間俗歌，雖然長短略有不同，這在俗文學與民俗學的研究上是極有價值的。中國歌謠研究的歷史還不到二十年，搜集資料常有已經晚了之懼，前代不曾有一總集遺傳下來，甚是恨事，現在得到這部天崇時代的民歌集，真是望外之喜了。

還有一層，文人錄存民歌，往往要加以筆削，以致形骸徒存，面目全非，亦是歌謠一劫，這部《山歌》卻無這種情形，能夠保存本來面目，更可貴重，至於有些意境文句，原來受的是讀書人的影響，自然混入，就是在現存俗歌中也是常有，與修改者不同，別無關係。

從前有人介紹過《白雪遺音》，其價值或可與《山歌》比，惜只選刊其一部分，未見全書，今朱君能將《山歌》覆印行世，其有益於學藝界甚非淺鮮矣。關於馮夢龍與《山歌》的價值，有馬隅卿顧頡剛兩先生之序論在，我只能拉雜寫此一篇，以充跋文之數而已。

中華民國念三年十一月念四日，識於北平苦茶庵。

兒童故事序

中國講童話大約還不到三十年的歷史。上海一兩家書店在清末出些童話小冊，差不多都是抄譯日本岩谷小波的世界童話百種，我還記得有《玻璃鞋》《無貓國》等諸篇。

我因為弄神話，也牽連到這方面來，辛亥以前我所看見的書只有哈忒闌的《童話之科學》與麥古洛克的《小說的童年》，孤陋寡聞得很，民國初年寫過幾篇小論文，雜誌上沒處發表，直到民國九年在孔德學校講了一回「兒童的文學」，這篇講稿總算能夠在《新青年》揭載出來，這是我所覺得很高興的一件事。

近十年來注意兒童福利的人多起來了，兒童文學的書與兒童書的店鋪日見興旺，似乎大可樂觀，我因為從前對於這個運動也曾經挑過兩筐子泥土的，所以像自己的事情似的也覺得高興。

但是中國的事情照例是要打圈子的，彷彿是四日兩頭病，三好兩歹的發寒熱。實例且慢舉，我們這裡只談童話，童話裡邊革命之後也繼以反動。

我看日本並不如此，那位岩谷叔叔仍然為兒童及其關係者所推重，後起的學者更精進地做他的研究編寫的工作，文人則寫作新的童話，這是文學裡的一個新種類。在中國革新與復古總是循環的來，正如水車之翻轉，讀經的空氣現在十分濃厚，童話是新東西，此刻自然要吃點苦，而且左右夾攻，更有難以招架之勢。

他們積極的方面是要叫童話去傳道，一邊想他鼓吹綱常名教，一邊恨他不宣傳階級專政，消極的方面則齊聲罵現今童話的落伍，只講貓狗說話，不能羽翼經傳。傳道與不傳道，這是相反的兩面，我不是什麼派信徒，是主張不傳道的，所以與傳道派的朋友們是隔教，用不著辯論，至於對父師們說的話在前兩年出版的《兒童文學小論》中已經說了不少，也無須再來重述了。

我只想自己檢察一下，小時候讀了好些的聖經賢傳，也看了好些貓狗說話的書，可是現在想起來，一樣的於我沒有影響，留下的印象只是貓狗要比聖賢更有趣味，雖然所說的話也不可靠。我說兒童讀經之無用，與主張讀貓狗講話之無害，正是同一根據。

以我自己的經驗來說，聖賢講話從頭就聽不進去，對於貓狗講話當時很是愛聽，但是年紀稍大有了一點生物學知識，自然就不再相信，後來年紀更大，得到一點人類學知識，關於貓狗說話的童話卻又感到興味起來了。我恐怕終是異端，其經驗與意見難免不甚可信吧，在正統派的人看來。然而我有什麼辦法呢？我未能以他人的經驗為經驗，以他人的意見為意見也。

我想我們如為兒童的福利計，則童話仍應該積極的提倡也。研究，編寫，應用，都應該有許多的人，長久的時間，切實的工作。這個年頭兒，大約有點兒不容易，那也難怪，但是也不見得便不可能，耐寂寞肯辛苦的人到處隨時總也是有的。點一枝寸金燭，甚至於只一根棒香，在暗星夜裡，總是好的，比不點什麼要好，而且吃旱煙的也可以點個火，或者更可以轉點別的香和蠟燭，有合於古人薪傳之意。

因此我對於近時在做童話工作的人表示敬意，他們才真是有心想救救孩子的人。這《兒童故事》的編述者翟顯亭先生即是其一。

給兒童編述故事已是勝業，而其編述的方法尤可佩服。編述童話有兩件大困難，其一是材料的選擇，其二是語句的安排，這是給兒童吃的東西，要他們吃了有滋味，好消化，不是大人的標準所能代為決定的。兩年前我曾翻譯幾篇兒童劇，便很嘗過這種困難，我第一懷疑所選的能否受到兒童的愛顧，覺得沒有什麼把握。

其次，「我所最不滿意的是，原本句句是意思明白文句自然，一經我寫出來便往往變成生硬彆扭的句子，無論怎樣總弄不好，這是十分對不起小朋友的事，我的希望是滿天下有經驗的父師肯出來幫一下子，彷佛排難解紛的俠客似的，便是在這些地方肯毅然決然的加以斧削，使得兒童更易瞭解。」

去年買到英國新出的《安特路闌的動物故事》，係選自闌氏兩本故事集中，共五十二篇，小引云，「編這冊書的時候，將全部動物故事凡百十一篇都交給一個十歲的小姑娘，請她讀過之後每篇給一個分數，表示她喜歡的程度。總數算是十分，凡是她所打分數在七分半以上者才選錄在這裡邊。」

這個辦法我覺得頂好。翟先生所錄的十篇故事卻正是用同樣方法試驗過的，這在中國恐怕是得未曾有罷。

有孔德學校和市立小學的許多小朋友們肯做考官，給過及格的分數，那是天下最可靠的事，比我們老人的話靠得住多了，我在這裡無須多話，只是來證明這件事實實在在是如此而已。

民國二十三年十二月十三日，記於北平。

古音系研究序

建功將刊其所著《古音系研究》，不佞即答應為作序。但是，我怎麼可以給建功作序呢？蓋建功績學多才藝，而其所專攻者則為聲韻之學，在不佞聽之茫然，常與玄同建功戲語稱之為未來派者也。雖然，我與建功相識十年矣，自民六由中學教員混入大學，十七八年間所見海內賢俊不可勝數，但因同學的關係而相熟識，至今往來談笑通詢者才四五人耳，建功其一也。此諸公有所作述，我烏得不論懂得與否而題記之，故今日之事志在必寫，雖或建功力求勿寫而亦不可得也。

民國前四年曾在東京民報社從太炎先生聽講《說文解字》。那時我的志願只是想懂點「小學」罷了，而且興趣也單在形體訓詁一方面，對於音學就是那麼茫然。一九〇一年我考進江南水師學堂，及讀英文稍進，輒發給馬孫（C・P・Mason）的英文法，我所得者為第四十版，同學多嫌其舊，我則頗喜其有趣味，如主（Lord）字古文為管麵包者（hlaford），主婦（Lady）字為捏麵包者（hlaefdige），最初即從此書中看來。

一九〇四年嚴復的《英文漢詁》出版，亦是我所愛讀書之一，其實即以馬孫為底本，唯譯語多古雅可喜耳。以後常讀此類書，斯威忒（H・Sweet）葉斯伯生（C・Jespersen）的文法，威克萊（E・Weekley）斯密斯（L・P・Smith）的英語諸書，近來還在看巴菲耳特（O・Barfield）的《英字中的歷史》以消遣。

因此我與文字之學並不是全無情分的，不過我的興味蓋多在其與民俗學接觸的邊沿一部分，與純正的文字學故不甚相近也，日本《言語志叢刊》的發刊趣旨中云，在言語的發達與變遷裡反映出民族的生活。我所喜歡的就只是這一點，我最愛叢刊中柳田國男氏的《蝸牛考》，他說明蝸牛古名「都布利」（tsuburi）與草囤「都具拉」（tsugura）的關係，覺得很有意思，越中多以草囤暖茶，或冬日坐小兒，稱曰囤窠，這個製法的確與蝸牛殼是頗相像的。

書中又講到水馬兒的名稱，這在所著《民間傳承論》第八章言語藝術項下說得更是簡要，今抄錄於下：

「命名者多是小孩，這是很有趣的事。多採集些來看，有好多是保姆或老人替小孩所定的名稱。大概多是有孩子氣的，而且這也就是很好的名字。東京稱為餳糖仔（amembō，即水馬兒）的蟲，各地方言不同，搜集來看就可明白命名者都是小孩，特別有意思的是並不根據蟲的外形或其行走的狀態，卻多因了牠的味道或氣息給牠取名字。賣鹽的（shiöuri），賣鹽大哥（shiöuritarō），鹽店老闆（shiöya）這些名稱都因為放到口裡有點鹹味而起的。

餳糖仔，賣糖的（ameüri），凝煎（gïōsen，即地黃煎，一種藥糖），這大約因為蟲的氣味有點像餳糖吧。這樣的名字大人是未必會取的。

水澄蟲（mizusumashi，即豉蟲）也有許多小孩似的方言名字。這又大抵是說寫或洗，多因蟲的舉動而加上去的，如寫字蟲（jikakimushi），伊呂波蟲（irohamushi，猶云天地玄黃蟲，意即寫字），洗碗的（wanrãi），洗木碗的（gokiärai），這些名稱分散在各地方，是可以注意的事。拌糍團的（kaimochikaki）的名字則蓋是由於蟲的右轉的運動而起的了。」《蝸牛考》中關於這個名稱有說明云：「從寫

（kaku）這字，小人們的想像便直跑到糍團（kaimochi）去。實在這蟲的旋轉的確也有足以使他想起母姊那麼攪拌米食的手勢的地方。」

這是頗有趣味的例，只可惜經過重譯外國語便失了原有的香味，假如對於名物又稍生疏，那就更沒有什麼意思。在中國這種例原亦不少，我常想到那蠼螋，我們鄉間稱作「其休」，殆即原名的轉變，他處名錢串子，或云錢龍，則是從形狀得來的名字。又如《爾雅》云科斗活東，北京稱蝦蟆骨突兒，吾鄉云蝦蟆溫，科斗與活東似即一語，骨突與科斗亦不無關係，至蝦蟆溫之溫是怎麼一回事我還不能知道。

蝦蟆骨突兒這個字的語感我很喜歡，覺得很能表出那小動物的印象，一方面又聯想到夜叉們手裡的骨朵，我們平常吃的醬疙瘩和疙瘩湯，不倫不類地牽連出許多東西來。不過要弄這一類的學問也是很不容易，不但是對於民俗的興趣，還得有言語學的知識，這才能夠求其轉變流衍，從裡邊去看出國民生活的反映。

我正是一個白吃現成飯的，眼看著人家火耕而水耨，種出穀子來時討來磨粉做糕吃，實在是慚愧得很。但是，我總是知慚愧的，知道這穀子是農夫所種而非出於蒲包，因此對於未來派之學術雖然有似敬畏卻亦實在未敢菲薄者也。

昔者建功作《科斗說音》，蓋可與程瑤田之《果蠃轉語記》相比，唯深通言語聲音轉變之理者始能為之耳。《古音系研究》六篇，又建功本其多年攻治教學之所得，寫為一卷書，在音學上自成一家之言，而治方言考名物者亦實資此為鑰牡者也。我於聲韻之學不敢贊一辭，但願為建功進一言，理論與應用相得而益彰，致力於「聲明」願仍無忘「風物」之檢討，將來再由音說到科斗，則於文字學民俗學二者同受其惠施矣。是為序。

中華民國二十三年十二月三十一日，記於北平苦茶庵中。

【附記】

俞曲園先生《茶香室三鈔》卷二十九云：

「褚人獲《堅瓠集》云，禽名山和尚，即山鵲也。滇中有蟲名水秀才。楊升庵《鷓鴣天》云，彈聲林鳥山和尚，寫字寒蟲水秀才。水秀才狀如蚊而大，游泳水面，池中多有之。按此蟲所在皆有，不獨滇中也。」水秀才即取其寫字之意，但此非指豉蟲，乃是水馬耳。五月二十四日記。

第三卷　情紀

希臘的神與英雄與人

我和鄭振鐸先生相識還在民國九年，查舊日記在六月十九日條下云，晚七時至青年會應社會實進會之招，講日本新村的情形，這是第一次見面。

隨後大家商量文學結社事，十一月二十三日下午至萬寶蓋胡同耿濟之先生宅議事，共到七人，這也是從日記裡查出來的。二十八日晚作文學會宣言一篇，交伏園。

這些事差不多都已忘記了，日前承上海市通志館寄來期刊，在《上海的學藝團體》一文中看見講到文學研究會，並錄有那篇宣言，這才想了起來，真不勝今昔之感。

那宣言裡說些什麼？這十多年來到底成就了些什麼？我想只有上帝知道。好幾年前我感到教訓之無用，早把小鋪關了門，已是和文學無緣了。鄭先生一直往前走，奮鬥至今，假如文壇可以比作戰場，那麼正是一員老將了，這是我所十分佩服的，因為平常人多佩服自己所缺少的那種性格。

但是鄭先生和我有一種共通的地方，便是對於神話特別是希臘神話的興趣。這恐怕不是很走運的貨色，但興趣總是興趣，自然會發生出來，有如煙酒的愛好，也難以壓得住的。不過我盡是空口說白話，鄭先生卻著實寫出了幾部書，這又是一個很大的差異了。

我愛希臘神話，也喜歡看希臘神話的故事。庚斯萊的《希臘英雄》，霍桑的《奇書》，都已是古典了，茀來則的《戈耳共的頭》稍為別致，因為這是人類學者的一種遊藝，勞斯的《古希臘的神與英雄與人》亦是此類作品之一。勞斯（W・H・D・Rouse）的著述我最初見到的是現代希臘小說集譯本，名曰《在希臘島》，還是一八九七年的出版，那篇引言寫得很好，我曾經譯了出來。

他又編訂過好些古典，這回我所得到的是他的新著，一九三四年初版，如書名所示是一冊希臘神話故事集，計五分四十五章，是講給十一二歲的兒童們聽過的。

我喜歡這冊書，因為如說明所云，著者始終不忘記他是一個學人，也不讓我們忘記他是一個機智家與滑稽家。所以這書可以娛樂各時代的兒童，從十歲至八十歲。我們只看他第一分的前六章，便碰著好些有意思的說話，看似尋常，卻極不容易說得那麼有興趣。

如第一章講萬物的起源，述普洛美透斯造人云：

「他初次試造的用四腳爬了走，和別的動物一樣，而且也像他們有一條尾巴，這正是一個猴子。他試作了各種的猴子，有大有小，直到後來他想出方法使那東西站直了。隨後他割去尾巴，又把兩手的大拇指拉長了，使它往裡面彎。這似乎是一件小事情，但是猴子的手與人的差異就全在這裡，你假如試把大拇指與第二指縛在一起，你就會知道許多事都做不來了。你如到博物館去一看人的骨骼，你可以看出你在那地方有一個小尾巴，至少是尾巴骨，這便是普洛美透斯把它割去後所餘留的。」

第三章裡講到人類具備百獸的性質，著者又和他的小讀者開玩笑道，「我常看見小孩們很像那猴子，就只差那一條尾巴。」

第二章說諸神，克洛諾斯吞了五個自己的兒女，第六個是宙斯，他的母親瑞亞有點捨不得了，據說是想要個小娃子玩玩，便想法子救他：

「她拿了一塊和嬰孩同樣大小的石頭，用襁褓包裹好了，遞給克洛諾斯當作最後的孩子。克洛諾斯即將石頭吞下肚去，很是滿足了。這實在是一件很容易辦的事，因為一定那神人們也正如希臘的母親一樣地養她們的小孩，她們用一條狹長的布把小孩纏了又纏，直到後來像是一個蠶蛹，或是一顆長葡萄乾，頂上伸出小孩的那個腦袋瓜兒。」

第六章講宙斯的家庭，有云，「我不知道誰管那些烹調的事，但是假如阿林坡斯山也像希臘的大家一樣的，那麼這總是那些女神們所管的罷。」這與上面所說意思有點相近。

第三章講普洛美透斯與宙斯的衝突，諸神造成了那個女人班陀拉，差人送去蠱惑普洛美透斯的兄弟厄比美透斯：

「她做了他的妻子，她就是這地上一切女人的母親，對於男子那女人是一禍亦是一福，因為她們是美麗可愛，卻也滿是欺詐。自然，這是在那很早的時候。後來她們也變好起來了，正和男人一樣。」

班陀拉打開那憂患的匣子這是太有名的故事了，著者在這裡也敘述得很有趣，不過這不是匣子而是一個瓶，裡邊的種種憂患乃是人類的恩人普洛美透斯收來封鎮著的：

「她很是好奇，想要知道那大瓶子是怎麼的。她問道，丈夫，那瓶子裡是什麼呀？你沒有打開過，取出穀子或是油來，或是我們用的什麼東西。厄比美透斯說道，親愛的，這不是你管的事。那是我哥哥的，他不喜歡別人去亂動它。班陀拉假裝滿足了的樣子，卻是等著，一到厄比美透斯離了家，她就直奔向瓶子去，拿開那個蓋子。」

這結果是大家預料得到的，什麼凶的壞的東西都像蒼蠅黃蜂似的飛出去了，趕緊蓋好只留得希望在裡邊，這裡很有教訓的機會，但是著者只說道，「到得普洛美透斯回來看見這些情形的時候，他的兄弟所能說的只是這一句話道我是多麼一個傻子！」寫的很幽默也是很藝術的，不過這是我自己的偏見，大抵未必可靠罷？

可喜別國的小孩子有好書讀，我們獨無。這大約是不可免的。中國是無論如何喜歡讀經的國度，神話這種不經的東西自然不在可讀之列。還有，中國總是喜歡文以載道的。希臘與日本的神話縱美妙，若論其意義則其一多是儀式的說明，其他又滿是政治的色味，當然沒有意思，這要當作故事聽，又要講的寫的好，而在中國卻偏偏都是少人理會的。

話雖如此，鄭先生的著述出來以後情形便不相同了。《取火者的逮捕》是鄭先生的創作，可以算是別一問題，好幾年前他改寫希臘神話裡的戀愛故事為一集，此外還有更多的故事聽說就將出版，這是很可喜的一件事，中國的讀者不必再愁沒有好書看了。

鄭先生的學問文章大家知道，我相信這故事集不但足與英美作家競爽，而且還可以打破一點國內現今烏黑的鳥空氣，灌一陣新鮮的冷風進去。這並不是我戲臺裡喝采的敷衍老朋友的勾當，實在是有真知灼見，原書具在，讀者只要試看一看，當知余言為不謬耳。

民國二十四年一月二十八日，於北平苦茶庵。

畫廊集序

說到畫廊，第一令人想起希臘哲人中間的那畫廊派，即所謂斯多噶派（Stoikoi）是也。他們的師父是從吉地恩來的什農（Zenōn），因為在亞坡隆廟的畫廊（Stoa poikilē）間講學，故得此名。

吉地恩屬於拘布洛斯，也是愛神亞孚洛迭德的治下，這位老師卻跑到多貓頭鷹的雅典去侍奉智慧，實在是很可佩服的。這派主張順應自然的生活，而人有理性，有自然的幸福的生活即在具備合理的德性，由聰明以及勇敢中庸公平，達到寧靜無欲的境地。

忘記是誰了，有一個西洋人說過，古代已有斯多噶派伊壁鳩魯派那樣的高尚的道德宗教，勝過基督教多矣，可惜後來中絕了。本來我對於希臘之基督化很有一種偏見，覺得不喜歡，畫廊派的神滅論與其堅苦卓絕的風氣卻很中我的意，但是老實說他們的消滅也是不可免的，因為他們似乎太是為賢者說法了，而大眾所需要的並不是這些，乃正是他們所反對的煩惱（Pathos），即一切樂，欲，憂，懼，是也。

所以無論精舍書院中講的什麼甚深妙義，結果總只是幾個人的言行與幾卷書之遺留，大眾還是各行其是，舉行亞陀尼斯，迭阿女索斯，耶穌等再生的神之崇拜，各樣地演出一部迎春的古悲劇，先號咷而後笑。

這種事情原也可以理解，而且我再說一遍，這是無可免的，畫廊派之死亦正是自然的吧，不過，這總值得我們時時的想起，他們的思想與生活也有很多可以佩服的地方。

其次因說到畫廊而想起的是張掛著許多字畫的那畫棚。新近恰好是舊曆乙亥的新年，這二十多天裡北平市上很是熱鬧，正與半夜所放爆仗之多為正比例，廠甸擺出好多好多的攤，有賣珠寶，骨董的，也有賣風箏，空鐘，倒拽氣，糖壺盧的，有賣書籍的書攤，又有賣字畫的用蘆席蓋成的大畫棚。

今年的蘆席棚實在不少，比去年恐怕總要多過一半，可以說從師範大學門口一直蓋到和平門外的鐵路邊吧。雖然我今年不曾進去窺探，從前卻是看過的，所以知道些裡邊的情形。老老實實的說，我對於字畫的好壞不曾懂得一毫分，要叫我看了這些硬加批評，這有如遇見沒有學過的算學難題，如亂答要比曳白更為出醜。

這怎麼辦呢？其實這也沒有什麼，因為我不懂得，那麼除不說外也實在別無辦法。我說知道的只是云裡邊掛滿了字或畫而已，裡邊當然有些真的，不過我們外行看不出，其假的自然是不很好，反正我總是不想買來掛，所以也就不大有關係。

還有一種不同的畫棚，我看了覺得較有興趣，只可惜在琉璃廠一帶卻不曾遇見。這就是賣給平民婦孺們的年畫攤。普通的畫都是真跡畫，無論水墨或著色，總之是畫師親筆畫成，只此一張別無分出，年畫則是木板畫，而且大抵都著色，差不多沒有用水墨畫的，此二者很不相同之一點也。

世界上所作板畫最精好的要算日本。江戶時代民眾玩弄的浮世繪至今已經成為珍物，但其畫工雕工印工們的伎倆也實在高明，別人不易企及。中國康熙時的所謂姑蘇畫製作亦頗精工，本國似已無存，只在黑田氏編的《支那古板畫圖錄》上見到若干，唯比浮世繪總差一籌耳。日本的民間畫師畫妓女，畫戲子，畫市井風俗，也畫山水景色，但絕無抽象或寓意畫，這是很特別的一件事。《古板畫圖錄》的姑蘇畫裡卻就有好些寓意畫，如五子登科，得勝封侯等，這與店號喜歡用吉利字樣一樣，可以說是中國人的一種脾氣，也是文以載道的主義的表現吧？

在我們鄉間這種年畫只叫作「花紙」，製作最好的是立幅的「大橱美女」，普通都貼在衣橱的門上，故有此稱，有時畫的頗有姿媚，雖然那菱角似的小腳看了討厭，不過此是古已有之，連唐伯虎的畫裡也是如此了。

但是那些故事畫更有生氣，如《八大錘》《黃鶴樓》等戲文，《老鼠嫁女》等童話，幼時看了很有趣，這些印象還是留著。用的紙大約是上過礬的連史，顏色很是單純，特別是那紅色不知道是什麼東西，塗在紙上少微發亮，又有點臭氣，我們都稱它作豬血，實在恐不儘然。

現在的花紙怎麼樣了呢，我不知道，恐怕紙改用了洋紙，印也改用了石印了吧，這是改善還是改惡，我也不很明白，但是我個人總還是喜歡那舊式的花紙的。花紙之中我又喜歡《老鼠嫁女》，其次才是《八大錘》，至於寓意全然不懂，譬如松樹枝上蹲著一隻老活猻，枝下掛著一個大黃蜂窠，我也只當作活猻和黃蜂窠看罷了，看看又並不覺得有什麼好玩。

自然，標榜風雅的藝術畫在現今當為志士們所斥棄了，這個本來我也不懂得，然而民間畫裡那畫以載道的畫實在也難以佩服，畫固不足觀，其所表示者亦都是士大夫的陳腐思想也。

從希臘的畫廊派哲人說起，說到琉璃廠的賣字畫的席棚，又轉到鄉下的花紙，簡直是亂跑野馬，一點沒有頭緒，而我所要說的實在又並不是這些，乃是李洗岑先生的文集《畫廊集》耳。洗岑在集子裡原有一篇談年畫的文章，而其堅苦卓絕的生活確也有點畫廊派的流風，那麼要把上文勾搭過去似亦未始不可以，反正天地萬物沒有絕無關係的，總可說得通，只看怎麼說法。

話雖如此，我究竟不是在亂扯做策論，上邊這趟野馬不肯讓牠白跑，仍舊要騎了去拜客的。我很主觀的覺得洗岑寫文章正是畫廊派擺畫攤，這是一件難事情。畫廊派的思想如上邊說過太為賢者說法，是不合於一般人的脾胃的，不但決做不成群眾的祭師，便是街頭講道理也難得一個聽客。

至於年畫乃是要主顧來買的，其製作更大不易，我們即使能為婦孺畫《老鼠嫁女》以至《八大錘》，若掛印封侯時來福湊這種厭勝畫，如何畫得好乎。但是畫棚裡所最多行銷的卻正是此厭勝畫也，蓋文以載道的主義為中國上下所崇奉，咒語與口號與讀經，一也，符籙與標語與文學，二也，畫則其圖說也。吾見洗岑集中沒有厭勝文，知其不能畫此同類的畫，畫廊的生意豈能發達乎，雖然，洗岑有那種堅苦卓絕的生活與精神，畫或文之生意好與不好亦自不足論也，我的這篇小文乃不免為徒費的詭辯矣。

民國二十四年二月二十一日，記於北平。

現代作家筆名錄序

輯錄前人別號的書，宋有徐光溥的《自號錄》一卷。清葛萬里有《別號錄》九卷，卻未見到，史夢蘭的《異號類編》裡第十二十三兩卷為自表類，可以算在裡邊。近人陳氏編有《室名索引》，已行於世，若袁君之《現代作家筆名錄》，則又別開生面而很有意思者也。

關於別號的發達變遷，說起來也很好玩。《異號類編》上史一經序云：「別號之興大抵始於周秦之際。瑰奇之士不得志於時，放浪形骸，兀傲自喜，假言托喻，用晦其名。然而其人既有著述以自見，則聞於當時，傳諸後世，其名雖晦，其號益彰，鬼谷鶡冠之流蓋其著也。」

明沈承有《即山集》，其《贈偶伯瑞序》有云：「近古有別號者，不過畸人韻士，實實眼界前有此景，胸堂前有此癖，借湖山雲樹作美題目以擬話耳。即不然者，亦時人慕其風流，後人追其軼事，而村墟市巷，兩兩三三，信口指點，相傳以為某子某翁某先生某居士，初非利齒兒可多啖得也。」

上文所引，前者可以說是宋以前的情形，後者是明以前的情形吧。明清以來則如即山所說，「末葉浮薄，始成濫觴，而吳儂好事，更飲狂藥，」結果便是：「每見歲時社臘，杯酒相喧，主賓雜坐，擎拳齲齒，曰橋曰樓，曰松曰竹，嘈嘈耳根，令人欲嘔。」

這裡所說是市井小兒模擬風雅，而其實在動因還是在於一般俗文學之發達，自小說戲曲以至俗謠俳文莫不興盛，作者各署別號，雖其時本為公開秘密，但人情難免拘於傳統，唯正經文字始肯用真姓名耳。

及今研究此類俗文學者對於別號的探討還是一件難事，沒有什麼好的工具可以弄的清楚。到了近來情形又有改變，新聞雜誌多了，作者也多起來，大抵都用別號，或者照新式即稱為筆名。這個原因我從前在《談虎集》裡曾經分作三種：其一最普通的是怕招怨。古人有言，怨毒之於人甚矣哉，現在更不勞重複申明。

其二是求變化。有些人擔任一種定期刊的編輯，常要做許多文章，倘若永遠署一個名字，未免要令讀者覺得單調，所以多用幾個別名把它變化一下。

其三是不求聞達。但是現在還得加上一條：

其四是化裝。

言論不大自由，有些人的名字用不出去，只好時常換，有如亡命客的化裝逃難。也有所謂東瓜咬不著咬瓠子的，政治方面不敢說卻來找文學方面的同行出氣，這情形亦可憐憫，但其行徑則有如暴客的化裝嚇人也。出版物愈多，這種筆名也就加多，而讀者讀得糊裡糊塗，有時須去弄清楚了作者的本性，才能夠瞭解他的意義。

袁君編著筆名錄，使讀者可以參考，是極有用處的事，至於供編目者的利用，這在我不在圖書館辦事過的人看來似乎倒還在其次了。

中華民國二十四年三月十八日，記於北平。

半農紀念

七月十五日夜我們到東京，次日定居本鄉菊阪町。二十日我同妻出去，在大森等處跑了一天，傍晚回寓，卻見梁宗岱先生和陳女士已在那裡相候。談次陳女士說在南京看見報載劉半農先生去世的消息，我們聽了覺得不相信，徐耀辰先生在座也說這恐怕是別一個劉復吧，但陳女士說報上記的不是劉復而是劉半農，又說北京大學給他照料治喪，可見這是不會錯的了。

我們將離開北平的時候，知道半農往綏遠方面旅行去了，前後相去不過十日，卻又聽說他病死了已有七天了。世事雖然本來是不可測的，但這實在來得太突然，只覺得出於意外，惘然若失而外，別無什麼話可說。

半農和我是十多年的老朋友，這回半農的死對於我是一個老友的喪失，我所感到的也是朋友的哀感，這很難得用筆墨紀錄下來。朋友的交情可以深厚，而這種悲哀總是淡泊而平定的，與夫婦子女間沉摯激越者不同，然而這兩者卻是同樣地難以文字表示得恰好。假如我同半農要疏一點，那麼我就容易說話，當作一個學者或文人去看，隨意說一番都不要緊。很熟的朋友卻只作一整個的人看，所知道的又太多了，要想分析想挑選了說極難著手，而且褒貶稍差一點分量，心裡完全明瞭，就覺得不誠實，比不說還要不好。

荏苒四個多月過去了，除了七月二十四日寫了一封信給半農的長女小蕙女士外，什麼文章都沒有寫，雖然有三四處定期刊物叫我做紀念的文章，都謝絕了，因為實在寫不出。

九月十四日，半農死後整兩個月，在北京大學舉行追悼會，不得不送一副輓聯，我也只得寫這樣平凡的幾句話去：

十七年爾汝舊交，追憶還從卯字號。

廿餘日馳驅大漠，歸來竟作丁令威。

這是很空虛的話，只是儀式上所需的一種裝飾的表示而已。學校決定要我充當致辭者之一，我也不好拒絕，但是我仍是明白我的不勝任，我只能說說臨時想出來的半農的兩種好處。其一是半農的真。他不裝假，肯說話，不投機，不怕罵，一方面卻是天真爛漫，對什麼人都無惡意。其二是半農的雜學。他的專門是語音學。但他的興趣很廣博，文學美術他都喜歡，做詩，寫字，照相，搜書，講文法，談音樂。有人或者嫌他雜，我覺得這正是好處，方面廣，理解多，於處世和治學都有用，不過在思想統一的時代自然有點不合式。我所能說者也就是極平凡的這寥寥幾句。

前日閱《人間世》第十六期，看見半農遺稿《雙鳳凰專齋小品文》之五十四，讀了很有所感。其題目曰「記硯兄之稱」，文云：

「余與知堂老人每以硯兄相稱，不知者或以為兒時同窗友也。其實余二人相識，余已二十七，豈明已三十三。時余穿魚皮鞋，猶存上海少年滑頭氣，豈明則蓄濃髯，戴大絨帽，披馬夫式大衣，儼然一俄國英雄也。越十年，紅胡入關主政，北新封，語絲停，李丹忱捕，余與豈明同避菜廠胡同一友人家。小廂三楹，中為膳食所，左為寢室，席地而臥，右為書室，室僅一桌，桌僅一硯。寢，食，相對枯坐而外，低頭共硯寫文而已，硯兄之稱自此始。居停主人不許多友來視，能來者余妻豈明妻而外，僅有徐耀辰兄傳遞外間消息，日或三四至也。時為民國十六年，以十月二十四日去，越一星期歸，今日思之，亦如夢中矣。」

這文章寫得頗好，文章裡邊存著作者的性格，讀了如見半農其人。民國六年春間我來北京，在《新青年》中初見到半農的文章，那時他還在南方，留下一種很深的印象，這是幾篇《靈霞館筆記》，覺得有清新的生氣，這在別人筆下是沒有的。現在讀這遺文，恍然記及十七年前的事，清新的生氣仍在，雖然更加上一點蒼老與著實了。但是時光過得真快，魚皮鞋子的故事在今日活著的人裡只有我和玄同還知道吧，而菜廠胡同一節說起來也有車過腹痛之感了。

前年冬天半農同我談到蒙難紀念，問這是那一天，我查舊日記，恰巧民國十六年中有幾個月不曾寫，於是查對《語絲》末期出版月日等等，查出這是在十月廿四，半農就說下回我們要大舉請客來作紀念，我當然贊成他的提議。去年十月不知道怎麼一混大家都忘記了，今年夏天半農在電話裡還說起，去年可惜又忘記了，今年一定要舉行。然而半農在七月十四日就死了，計算到十月廿四恰是一百天。

昔時筆禍同蒙難，菜廠幽居亦可憐。
算到今年逢百日，寒泉一盞薦君前。

這是我所作的打油詩，九月中只寫了兩首，所以在追悼會上不曾用，今見半農此文，便拿來題在後面。所云菜廠在北河沿之東，是土肥原的舊居，居停主人即土肥原的後任某少佐也，秋天在東京本想去訪問一下，告訴他半農的消息，後來聽說他在長崎，沒有能見到。

還有一首打油詩，是擬近來很時髦的瀏陽體的，結果自然是仍舊擬不像，其辭曰：

漫雲一死恩仇泯，海上微聞有笑聲。
空向刀山長作揖，阿旁牛首太猙獰。

半農從前寫過一篇《作揖主義》，反招了許多人的咒罵。我看他實在並不想侵犯別人，但是人家總喜歡罵他，彷彿在他死後還有人罵。本來罵人沒有什麼要緊，何況又是死人，無論罵人或頌揚人，裡邊所表示出來的反正都是自己。我們為了交誼的關係，有時感到不平，實在是一種舊的慣性，倒還是看了自己反省要緊。譬如我現在來寫紀念半農的文章，固然並不想罵他，就是空虛地說上好些好話，於半農了無損益，只是自己出乖露醜。

所以我今日只能說這些閒話，說的還是自己，至多是與半農的關係罷了，至於目的雖然仍是紀念半農。半農是我的老朋友之一，我很悼惜他的死。在有些不會趕時髦結識新相好的人，老朋友的喪失實在是最可悼惜的事。

民國二十三年十一月三十日，於北平苦茶庵記。

隅卿紀念

隅卿去世於今倏忽三個月了。當時我就想寫一篇小文章紀念他，一直沒有能寫，現在雖然也還是寫不出，但是覺得似乎不能再遲下去了。

日前遇見叔平，知道隅卿已於上月在寧波安厝，那麼他的體魄便已永久與北平隔絕，真有去者日以疏之懼。陶淵明《擬輓歌辭》云：

向來相送人，各自還其家。
親戚或余悲，他人亦已歌。

何其言之曠達而悲哀耶。恐隅卿亦有此感，我故急急地想寫了此文也。

我與隅卿相識大約在民國十年左右，但直到十四年我擔任了孔德學校中學部的兩班功課，我們才時常相見。當時係與玄同尹默包辦國文功課，我任作文讀書，曾經給學生講過一部《孟子》，《顏氏家訓》，和幾卷《東坡尺牘》。隅卿則是總務長的地位，整天坐在他的辦公室裡，又正在替孔德圖書館買書，周圍堆滿了舊書頭本，常在和書賈交涉談判。我們下課後便跑去閒談，雖然知道很妨害他的辦公，可是也總不能改，除我與玄同以外還有王品青君，其時他也在教書，隨後又添上了建功耀辰，聚在一起常常談上大半天。閒談不夠，還要大吃，有時也叫廚房開飯，平常大抵往外邊去要，最普通的是森隆，一亞一，後來又有玉華台。民十七以後移在宗人府辦公，有一天夏秋之交的晚上，我們幾個人在屋外高臺上喝啤酒汽水談天一直到夜深，說起來大家都還不能忘記，但是光陰荏苒，一年一年地過去，不但如此盛會於今不可復得，就是那時候大家的勇氣與希望也已消滅殆盡了。

隅卿多年辦孔德學校，費了許多的心，也吃了許多的苦。隅卿是不是老同盟會我不曾問過他，但看他含有多量革命的熱血，這有一半蓋是對於國民黨解放運動的響應，卻有一大半或由於對北洋派專制政治的反抗。

我們在一起的幾年裡，看見隅卿好幾期的活動，在「執政」治下有三一八時期與直魯軍時期的悲苦與屈辱，軍警露刃迫脅他退出宗人府，不久連北河沿的校舍也幾被沒收，到了「大元帥」治下好像是疔瘡已經腫透離出毒不遠了，所以減少沉悶而發生期待，覺得黑暗還是壓不死人的。

奉軍退出北京的那幾天他又是多麼興奮，親自跑出西直門外去看姍姍其來的山西軍，學校門外的青天白日旗恐怕也是北京城裡最早的一張吧。光明到來了，他回到宗人府去辦起學校來，我們也可以去閒談了幾年。可是北平的情形愈弄愈不行，隅卿於二十年秋休假往南方，接著就是九一八事件，通州密雲成了邊塞，二十二年冬他回北平來專管孔德圖書館，那時復古的濁氣又已瀰漫國中，到了二十四年春他也就與世長辭了。

孔德學校的教育方針向來是比較地解放的向前的，在現今的風潮中似乎最難於適應，這是一個難問題，不過隅卿早死了一年，不及見他親手苦心經營的學校裡學生要從新男女分了班去讀經做古文，使他比在章士釗劉哲時代更為難過，那也可以說是不幸中之大幸了罷。

隅卿的專門研究是明清的小說戲曲，此外又搜集四明的明末文獻。末了的這件事是受了清末的民族革命運動的影響，大抵現今的中年人都有過這種經驗，不過表現略有不同，如七先生寫到清乾隆帝必稱曰弘曆亦是其一。因為這些小說戲曲從來是不登大雅之堂的，所以隅卿自稱曰不登大雅文庫，後來得到一部二十回本的《平妖傳》，又稱平妖堂主人，嘗復刻書中插畫為箋紙，大如冊頁，分得一匣，珍惜不敢用，又別有一種畫箋，似刻成未印，今不可得矣。

居南方時得話本二冊，題曰「雨窗集」「欹枕集」，審定為清平山堂同型之本，舊藏天一閣者也，因影印行世，請兼士書額云雨窗欹枕室，友人或戲稱之為雨窗先生。隅卿用功甚勤，所為劄記及考訂甚多，平素過於謙退不肯發表，嘗考馮夢龍事蹟著作甚詳備，又抄集遺文成一卷，屢勸其付印亦未允。吾鄉朱君得馮夢龍編《山歌》十卷，為《童癡二弄》之一種，以抄本見示令寫小序，我草草寫了一篇，並囑隅卿一考證之，隅卿應諾，假抄本去影寫一過，且加丹黃，乃亦未及寫成，惜哉。龍子猷殆亦命薄如紙不亞於袁中郎，竟不得隅卿為作佳傳以一發其幽光耶。

隅卿行九，故嘗題其劄記曰「勞久筆記」。馬府上的諸位弟兄我都相識，二先生幼漁是國學講習會的同學，民國元年我在浙江教育司的樓上「臥治」的時候他也在那裡做視學，認識最早，四先生叔平，五先生季明，七先生太玄居士，也都很熟，隅卿因為孔德學校的關係，見面的機會所以更特別的多。

但是隅卿無論怎樣地熟習，相見還是很客氣地叫啟明先生，這我當初聽了覺得有點局促，後來聽他叫玄同似乎有時也是如此，就漸漸習慣了，這可以見他性情上拘謹的一方面，與喜談諧的另一方面是同樣地很有意思的。

今年一月我聽朋友說，隅卿因怕血壓高現在戒肉食了，我笑說道，他是老九，這還早呢。但是不到一個月光景，他真死了，二月十七日藍少鏗先生在東興樓請吃午飯，在那裡遇見隅卿幼漁，下午就一同去看廠甸，我得了一冊木板的《諠書》，此外還有些黃虎癡的《湖南風物志》與王西莊的《練川雜詠》等，傍晚便在來薰閣書店作別。

聽說那天晚上同了來薰閣主人陳君去看戲，第二天是陰曆上元，他還出去看街上的燈，一直興致很好，到了十九日下午往北京大學去上小說史的課，以腦出血卒。當天夜裡我得到王淑周先生的電話，同豐一雇了汽車到協和醫院去看，已經來不及了。次日大殮時又去一看，二十一日在上官菜園觀音院接三，送去一副輓聯，只有十四個字：

月夜看燈才一夢，
雨窗欹枕更何人。

中年以後喪朋友是很可悲的事，有如古書，少一部就少一部，此意惜難得恰好地達出，輓聯亦只能寫得像一副輓聯就算了。

二十四年五月十五日，在北平。

與謝野先生紀念

在北平的報紙上見到東京電報，知道與謝野寬先生於三月二十六日去世了。不久以前剛聽見坪內逍遙先生的噩耗，今又接與謝野先生的訃報，真令人不勝感歎。

我們在明治四十年前後留學東京的人，對於明治時代文學大抵特別感到一種親近與懷念。這有種種方面，但是最重要的也就只是這文壇的幾位巨匠，如以《保登登幾壽》（義曰杜鵑）為本據的夏目漱石高濱虛子，《早稻田文學》的坪內逍遙島村抱月，《明星》，《壽波留》（義曰昴星），《三田文學》的森鷗外上田敏永井荷風與謝野寬，諸位先生。

三十年的時光匆匆的過去，大正昭和時代相繼興起，各自有其光華，不能相掩蓋，而在我們自己卻總覺得少年時代所接觸的最可留戀，有時連雜誌也彷彿那時看見的最好，這雖然未免有點近於篤舊，但也是人情之常吧。

我因為不大懂得戲劇，對於坪內先生畢生的業績不曾很接近，其他各位先生的文章比較的多讀一點，雖然外國文學裡韻文原來不是容易懂的，我關於這些又只是一知半解而已。不過大約因為文化相近的緣故，我總覺得日本文學於我們中國人也比較相近，如短歌俳句以及稍富日本趣味的散文與小說也均能多少使我們瞭解與享受，這是我們想起來覺得很是愉快的。可是明治時代早已成為過去，那些巨匠也逐漸的去世，現今存在的已只有兩三位先生，而與謝野先生則是最近離我們而去的一位了。

與謝野先生夫妻兩位自創立新詩社後在日本詩歌上所留下的功績，那是文學史上明顯的事實，不必贅述，也不是外國的讀者所能妄加意見的。但是我對於與謝野先生，在普通對於自己所欽佩的文學者之感激與悼歎外，還特別有一種感念，這便是關於與謝野先生日本語原研究的事業的。

十年前在與謝野先生所印行的《日本古典全集》中看見狩穀掖齋全集，其

第三卷內有一篇《轉注說》，上邊加上一篇與謝野先生的《轉注說大概》，其末節有云：

「遠自有史以前與支那大陸有所交涉的我們日本人，在思想上，言語文字文章上，其他百般文化上，與彼國的言語文字典籍有最深切的關係。特別是在像自己這樣，要在支那各州的古音裡求到國語的原委的一個學徒，這事更是痛切地感到，但這姑且不談，就是為那研究東方的史學哲學文學想要了知本國的傳統文化而溯其淵源的青年國民計，支那字原之研究也是必要，這正如欲深究歐洲的學問藝術宗教及其他百般文物者非追求拉丁希臘的言語不可。但是在明治以來傾向於淺薄的便宜主義的國情上，遂有提唱漢字的限制與略字的使用，強制用那無視語原學的拼法這種現象發生，甚屬遺憾。今見掖齋所遺的業績，自己不得不望有繼承這些先哲之學術的努力的摯實的後學之輩出了。」

與謝野先生的語原研究的大業據報上說尚未完成，我們也只在《冬柏》等上邊略聞緒論，與松村任三先生的意見異同如何亦非淺學所能審，此類千秋事業成就非易，固可惋惜，但我所覺得可以尊重者還是與謝野先生的這種努力，雖事業未成而意義則甚重大也。中日兩國文化關係之深密誠如與謝野先生所言，因為這個緣故，我們中國人要想瞭解日本的文學藝術固然要比西洋人更為容易，就是研究本國的文物也處處可以在日本得到參照比校的資料，有如研究希臘古文化者之於羅馬，此與上文所說正為表裡。

與謝野先生晚年的事業已不僅限於文藝範圍，在學問界上有甚深意義，其所主張不特在日本即在中國亦有同樣的重要，使兩國人知道有互相研究與理解之必要，其關係決非淺鮮。這回與謝野先生的長逝所以不但是日本文壇的損失，還是失了中日學問上的一個巨大的連鎖，我們對於與謝野先生也不單是為了少時讀書景仰的緣故，還又為了中國學界的喪失良友而不能不加倍地表示悼惜者也。

明治四十年頃在東京留學，只誦讀與謝野先生夫妻兩位的書，未得一見顏色。民國十四五年時與謝野先生來遊中國，值華北有戰事，至天津而止，不曾來北京。去年夏天我到東京去，與謝野先生在海濱避暑，又未得相見，至今忽聞訃報，遂永不得見矣，念之憮然，輒寫小文，聊為紀念。

中華民國二十四年四月三日，於北平。

第四卷　運數

關於命運

我近來很有點相信命運。那麼難道我竟去請教某法師某星士，要他指點我的流年或終身的吉凶麼？那也未必。這些要知道我自己都可以知道，因為知道自己應該無過於自己。我相信命運，所憑的不是吾家《易經》神課，卻是人家的科學術數。我說命，這就是個人的先天的質地，今云遺傳。我說運，是後天的影響，今云環境。二者相乘的結果就是數，這個字讀如數學之數，並非虛無飄渺的話，是實實在在的一個數目，有如從甲乙兩個已知數做出來的答案，雖曰未知數而實乃是定數也。

要查這個定數須要一本對數表，這就是歷史。好幾年前我就勸人關門讀史，覺得比讀經還要緊還有用，因為經至多不過是一套準提咒罷了，史卻是一座孽鏡臺，他能給我們照出前因後果來也。我自己讀過一部《綱鑑易知錄》，覺得得益匪淺，此外還有明季南北略和《明季稗史彙編》，這些也是必讀之書，近時印行的《南明野史》可以加在上面，蓋因現在情形很像明季也。

日本永井荷風著《江戶藝術論》十章，其浮世繪之鑑賞第五節論日本與比利時美術的比較，有云：

「我反省自己是什麼呢，我非威耳哈倫（Verhaeren）似的比利時人而是日本人也，生來就和他們的運命及境遇迥異的東洋人也。戀愛的至情不必說了，凡對於異性之性欲的感覺悉視為最大的罪惡，我輩即奉戴著此法制者也。承受『勝不過啼哭的小孩和地主』的教訓的人類也，知道『說話則唇寒』的國民也。

「使威耳哈倫感奮的那滴著鮮血的肥羊肉與芳醇的蒲桃酒與強壯的婦女的繪畫，都於我有什麼用呢。嗚呼，我愛浮世繪。苦海十年為親賣身的遊女的繪姿使我泣。憑倚竹窗茫然看著流水的藝妓的姿態使我喜。賣宵夜麵的紙燈寂寞地停留的河邊的夜景使我醉。雨夜啼月的杜鵑，陣雨中散落的秋天木葉，落花飄風的鐘聲，途中日暮的山路的雪，凡是無常無告無望的，使人無端嗟歎此世只是一夢的，這樣的一切東西，於我都是可親，於我都是可懷。」

又第三節中論江戶時代木板畫的悲哀的色彩，云：

「這暗示出那樣暗黑時代的恐怖與悲哀與疲勞，在這一點上我覺得正如聞娼婦啜泣的微聲，深不能忘記那悲苦無告的色調。我與現社會相接觸，常見強者之極其強暴而感到義憤的時候，想起這無告的色彩之美，因了潛存的哀訴的旋律而將暗黑的過去再現出來，我忽然瞭解東洋固有的專制的精神之為何，深悟空言正義之不免為愚了。希臘美術發生於以亞坡隆為神的國土，浮世繪則由與蟲豸同樣的平民之手製作於日光曬不到的小胡同的雜院裡。現在雖云時代全已變革，要之只是外觀罷了。若以合理的眼光一看破其外皮，則武斷政治的精神與百年以前毫無所異。江戶木板畫之悲哀的色彩至今全無時間的間隔，深深沁入我們的胸底，常傳親密的私語者，蓋非偶然也。」

荷風寫此文時在大正二年（一九一三）正月，已發如此慨歎，二十年後的今日不知更怎麼說，近幾年的政局正是明治維新的平反，「幕府」復活，不過是一階級而非一家系的，豈非建久以來七百餘年的征夷大將軍的威力太大，六十年的尊王攘夷的努力絲毫不能動搖，反而自己沒落了麼？以上是日本的好例。

我們中國又如何呢？我說現今很像明末，雖然有些熱心的文人學士聽了要不高興，其實是無可諱言的。我們且不談那建夷，流寇，方鎮，宦官以及饑荒等，只說八股和黨社這兩件事罷。清許善長著《碧聲吟館談塵》卷四有論八股一則，中有云：

「功令以時文取士，不得不為時文。代聖賢立言，未始不是，然就題作文，各肖口吻，正如優孟衣冠，於此而欲徵其品行，覘其經濟，真隔膜矣。盧抱經學士云，時文驗其所學而非所以為學也，自是通論。至景範之言曰，秦坑儒不過四百，八股坑人極於天下後世，則深惡而痛疾之也。明末東林黨禍慘酷尤烈，竟謂天子可欺，九廟可毀，神州可陸沉，而門戶體面決不可失，終至於亡國敗家而不悔，雖曰氣運使然，究不知是何居心也。」

明季士大夫結党以講道學，結社以作八股，舉世推重，卻不知其于國家有何用處，如許氏說則其為害反是很大。明張岱的意見與許氏同，其與李硯翁書云：「夫東林自顧涇陽講學以來，以此名目禍我國家者八九十年，以其黨升沉用占世數興敗，其黨盛則為終南之捷徑，其黨敗則為元祐之黨碑，風波水火，龍戰於野，其血玄黃，朋黨之禍與國家相為終始。蓋東林首事者實多君子，竄入者不無小人，擁戴者皆為小人，招來者亦有君子。

「……東林之中，其庸庸碌碌者不必置論，如貪婪強橫之王圖，奸險兇暴之李三才，闖賊首輔之項煜，上箋勸進之周鐘，以至竄入東林，乃欲俱奉之以君子，則吾臂可斷決不敢徇情也。東林之尤可醜者，時敏之降闖賊曰，吾東林時敏也，以冀大用。魯王監國，蕞爾小朝廷，科道任孔當輩猶曰，非東林不可進用，則是東林二字直與蕞爾魯國及汝偕亡者。」

明朝的事歸到明朝去，我們本來可以不管，可是天下事沒有這樣如意，有些癡顛惡疾都要遺傳，而惡與癖似亦不在例外，我們畢竟是明朝人的子孫，這筆舊帳未能一筆勾消也。——雖然我可以聲明，自明正德時始遷祖起至於現今，吾家不曾在政治文學上有過什麼作為，不過民族的老帳我也不想賴，所以所有一切好壞事情仍然擔負四百兆分之一。

我們現在且說寫文章的。代聖賢立言，就題作文，各肖口吻，正如優孟衣冠，是八股時文的特色，現今有多少人不是這樣的？功令以時文取士，豈非即文藝政策之一面，而又一面即是文章報國乎？

讀經是中國固有的老嗜好，卻也並不與新人不相容，不讀這一經也該讀別一經的。近來聽說有單罵人家讀《莊子》《文選》的，這必有甚深奧義，假如不是對人非對事。這種事情說起來很長，好像是專找拿筆幹的開玩笑，其實只是借來作個舉一反三的例罷了。

萬物都逃不脫命運。我們在報紙上常看見槍斃毒犯的新聞，有些還高興去附加一個照相的插圖。毒販之死於厚利是容易明瞭的，至於再吸犯便很難懂，他們何至於愛白麵過於生命呢？第一，中國人大約特別有一種麻醉享受性，即俗云嗜好。第二，中國人富的閒得無聊，窮的苦得不堪，以麻醉消遣。有友好之勸酬，有販賣之便利，以麻醉玩弄。衛生不良，多生病痛，醫藥不備，無法治療，以麻醉救急。如是乃上癮，法寬則蔓延，法嚴則駢誅矣。

此事為外國或別的殖民地所無，正以此種癖性與環境亦非別處所有耳。我說麻醉享受性，殊有杜撰生造之嫌，此正亦難免，但非全無根據，如古來的念咒畫符讀經惜字唱皮黃做八股叫口號貼標語皆是也，或以意，或以字畫，或以聲音，均是自己麻醉，而以藥劑則是他力麻醉耳。考慮中國的現在與將來的人士必須要對於他這可怕的命運知道畏而不懼，不諱言，敢正視，處處努力要抓住它的尾巴而不為所纏繞住，才能獲得明智，死生吉凶全能了知，然而此事大難，真真大難也。

我們沒有這樣本領的只好消極地努力，隨時反省，不能減輕也總不要去增長累世的惡業，以水為鑒，不到政治文學壇上去跳舊式的戲，庶幾下可對得起子孫，雖然對於祖先未免少不肖，然而如孟德斯鳩臨終所言，吾力之微正如帝利之大，無論怎麼掙扎不知究有何用？

日本失名的一句小詩云：

蟲呵蟲呵，難道你叫著，「業」便會盡了麼？

（二十四年四月）

關於命運之二

前幾天我寫了一篇《關於命運》，上海方面就有人挑剔字眼。我說：「我近來很有點相信命運。那麼難道我竟去請教某法師某星士，要他指點我的流年或終身的吉凶麼？那也未必。這些要知道我自己都可以知道，因為知道自己應該無過於自己。我相信命運，所憑的不是吾家《易經》神課，卻是人家的科學術數。我說命，這就是個人的先天的質地，今云遺傳。我說運，是後天的影響，今云環境。」

挑剔者乃曰：「在歷史上感覺到自己的遲暮的人，總是自覺地或不自覺地要躲在神秘中去尋覓自己的安慰，像求神拜佛呀，崇拜性靈呀，相信命運呀，總逃不開了這些圈套。」

這裡，我不知是他們的故意「歪曲」呢，還是真看不懂我那簡單的白話文？奧國的孟特耳不幸晚出，他的學說得不到恩格爾斯的批准，中國新人凝難承認遺傳說這也可以原諒的，但是遺傳到底是不是像求神拜佛的一樣神秘，我想這一點也總該知道吧。

我又引明張岱的與人書云：

「魯王監國，蕞爾小朝廷，科道任孔當輩猶曰，非東林不可進用，則是東林二字直與蕞爾魯國及汝偕亡者。」

挑剔者乃曰：「甚至當時為人民抗清力量所支持下的魯王監國，曾被那沒有心肝的人斥為蕞爾小朝廷，也居然得到了知堂先生的附和。」

這裡，他們似乎也不知道「那沒有心肝的人」原來是明末遺民張岱。

據邵廷采《思復堂集》，《明遺民所知傳》云：

「性承忠孝，長於史學。丙戌後屏居臥龍山之仙室，短簷危壁，沉淫於有明一代紀傳，名曰『石匱藏書』，以擬鄭思肖之《鐵函心史》也，至於廢興存亡之際，孤臣貞士之操，未嘗不感慨流連隕涕三致意也。」岱《自為墓誌銘》云：

「五羖大夫，焉肯自鬻，空學陶潛，枉希梅福，必也尋三外野人，方曉我之衷曲。」

照這樣看來，其有無心肝，大約就是不去尋鄭所南來問也該可以明白吧。我不知道他們何所根據而斷定其為沒有心肝也。蕞爾，查《辭通》卷十二云，「小貌」，爾者蓋是語助辭，並非爾汝之爾。小朝廷一語曾有胡銓說過，係指南宋，論者不曾以為大不敬，然則以指魯王浙江一區，似亦不能說怎麼不對。今便斷為說者沒有心肝，如不是錯看「爾」字，當是有意歪曲，如紹興師爺之舞文周納耳。

至於張岱與魯王的關係在《夢憶》中曾經說及，可以參考，據《硯雲甲編》本第二則云：

「魯王播遷至越，以先父相魯先王，幸舊臣第。岱接駕。無所考儀注，以意為之，踏腳四扇，氍毹藉之，高廳事尺，設御座，席七重，備山海之供。魯王至，冠翼善，玄色蟒袍，玉帶朱玉綬。觀者雜遝，前後左右用梯用台用凳，環立看之，幾不能步，剩御前數步而已。傳旨，勿辟人。岱進行君臣禮，獻茶畢安席，再行禮，不送杯箸，示不敢為主也，趨侍坐。……二鼓轉席，臨不二齋梅花書屋，坐木猶龍，臥岱書榻，劇談移時。出登席，設二席於御座傍，命岱與陳洪綬侍飲，諧謔歡笑如平交，睿量弘，已進酒半斗矣，大犀觥一氣盡，陳洪綬不勝飲，嘔噦御座傍。尋設一小几，命洪綬書箑，醉捉筆不起，止之。……起駕，轉席後又進酒半斗，睿顏微酡，進輦，兩書堂官掖之不能步。岱送至閭外，命書堂官再傳旨曰，爺今日大喜，爺今日喜極。君臣歡洽脫略至此，真屬異數。」

張岱與魯王君臣歡洽脫略至此，但是對於結黨營私的任孔當輩仍要痛罵，正如那侍飲大醉的陳洪綬之要痛罵誤國殃民的官軍一樣。陳洪綬即老蓮，他的畫至今很有名，也是瓜瓜叫的明遺民，不是沒有心肝的人，在他的《寶綸堂集》末有避難詩一卷，丙戌除夕自敘，其《作飯行》一篇序中有云，「今小民苦官兵淫殺有日矣」，詩末四聯云：

「魯國越官吏，江上逍遙師，避敵甚畏虎，篦民若養狸。時日曷喪語，聲聞於天知，民情即天意，兵來皆安之。」

又《官軍行》末四語云：

「卿今冒餉欲未充，駕言輸餉縛富翁。卿先士卒抄村落，分明教我亦淫掠。」

又《搜牢行》中有云：

「長官亦如賊所為，人則何賴有此國。」

我想在這裡可以不必再加說明，只請讀者自己去看這種官與兵是不是該痛罵，張陳皆明遺民，與魯王又有這種關係，而使二人都忍不住說及汝偕亡或時日曷喪的話，豈不哀哉，當時的情形也就可想而知了。

前回我說現今很像明末，但這其間自然也有些不同，現在的人總比三百年前的人要聰明一點了吧。如斷定明遺民張岱是沒有心肝的人，一也，根據我所引的永井荷風的話，斷定是前期年青人的反對黑暗之英雄的悲叫，二也。

荷風原已說過：「我反省自己是什麼呢，我非威耳哈倫似的比利時人而是日本人也，生來就和他們的運命及境遇迴異的東洋人也。」

在原論第一節中又曾云：

「余初甚憤且悲。但是幸而此悲憤絕望乃成為使余入於日本人古來遺傳性的死心之無差別觀。不見上野的老杉乎，默默不語亦不訴說，獨知自己的命數，從容地漸就枯死耳。無情的草木豈不遠勝有情的人類耶。

「我如今才知道現代我們的社會乃是現代人的東西，決非我等所得容喙。我於此對於古蹟的毀棄與時代的醜化不復引起何等憤慨，覺得此反足以供給最上的諷刺的滑稽材料，故一變而成為最有詭辯的興味之中心焉。」

死心一語原文作「諦」，本是審義，因審諦事理而死心斷念，其消極過於絕望，是為今通行的第二義，其用此字蓋與佛教四諦有關亦未可知。永井荷風的「前期年青人」的叫聲如往別的書裡去找或者也有一句二句，但在我所引的這篇文章裡就想利用，實在未免太聰明一點了。

近來文壇上的「批評」的方法與手段的確大有進步了。茲姑不列舉。總之他們的態度是與任孔當輩一鼻孔出氣的。這也正是中國人的遺傳性——或是命運吧。詩云：

蟲呵蟲呵，難道你叫著，「業」便會盡了麼？

棄文就武

我是江南水師出身的。我學海軍還未畢業得到把總銜的時候便被派往日本留學，但是在管輪班裡住過六個年頭，比我以後所住的任何學校為久，所以在我沒有專門職業的專門中，計算起來還要算是海軍。歷來海軍部中有我的好些老師，同學少年也多不賤，部長司長都有過，科長艦長更不必說，有的還已成為烈士，如在青島被張宗昌所殺害的前渤海艦隊司令吳椒如君，便是我的同班老友，大家叫他作「書店老闆」的。

我自己有過一個時候想弄文學，不但喜讀而且還喜談，差不多開了一間稻香村的文學小鋪，一混幾年，不惑之年條焉已至，忽然覺得不懂文學，趕快下匾歇業，預備棄文就武。可是不相干，這文人的名號好像同總長大帥一樣，在下野之後也還是黏在頭上，不容易能夠或者是肯拿下來的。

我的當然不是我而是人家不肯讓我拿掉。似乎文人必定是終身的職務，而其職務則是聽權威的分付去做賦得的什麼文學。我的棄文於是大犯其罪，被一班維新的朋友從年頭直罵到年尾。現在是民國二十三年的年終了，我想該不該來清算一下。仔細想過，還是決定拉倒。第一，人家以為我不去跟著吶喊，他們的大事業便不能成，那是太看得起我，正如說斯人不出如蒼生何，我豈敢當，更何敢生氣？

第二，這罵於我有什麼害處？至多影響著我的幾本書的銷路，一季少收點板稅。為了這點利益去爭鬧，未免太是商賈氣了。

第三，這罵於人家有什麼好處？至少可以充好些雜誌的材料，賣點稿費。這事於人有利，我為什麼不贊成呢。還有一層，明季的情形已經夠像了，何必多扮一個幾社復社人去湊熱鬧。總之，我早走出文壇來了，還管這文壇的甚鳥？老實說，我對於文事真是沒有什麼興趣，可以不談了，還不如翻過來談武備吧。

且慢，文事不好談，武備難道是很容易談的麼？我知道這是不然。北京從前到處的茶樓酒館貼過莫談國事的紙條，關於武備固然不見明文，似乎沒有禁令，但是軍機何等重要，豈可妄談，況且這又豈非即國事的一部分乎？即使如日本軍部前回的發佈小冊子，要使人民都知道國防的緊要，那也是在上者要說的話，人民怎麼開得口來，只有代表人民替他們作喉舌的議員老爺與新聞記者大人們才有說話的分，可是他們照例還是說在上者的話，說了還如不說，或者還不如不說。

我半路出了家，沒有能夠鑽到軍部裡去，議員在中國是沒有，就是有我也拿不出這筆本錢，記者又是不會當，不敢當。很可惜我那時不曾接受這件事：張大元帥的時代，官方要辦一種關於海軍的月刊，部裡的一個同班老友介紹別一位來訪我，要我擔任編輯。其時大元帥部下接收北京大學，改組為京師大學之一部，我與二三友人被趕了出來，正是在野的時候，老同學保薦我當這差使，實在非常感激，可是也實在覺得自己弄不來，很難為情地辭謝了。假如我辦了那個月刊，現在便有說話的地方，然而事在七八年之前，便是怎麼後悔也都來不及了。

其實我所要說或能說的話本來也是很普通的，或者未必有什麼違礙，也未必有登專門刊物的資格。這大抵是普通市民無論已登記或未登記的都想得到，只是沒有工夫來說，我們雖然也並不怎麼有閒，卻在以前養成了一種忙中說閒話的習慣，所以來代為說出罷了。

我的意思第一是想問問對於目前英日美的海軍會議我國應作何感想？日本因為不服五與三的比例把會議幾乎鬧決裂了，中國是怎樣一個比例，五與零還是三與零呢？其次我想先問問海軍當局，——陳先生是我的老同學，可惜現在告病了，再請教別的軍事專家，現在要同外國打仗，沒有海軍是不是也可以？

據我妄想，假如兩國相爭，到得一國的海軍殲滅了，敵艦可以來靠岸的時候，似乎該是講和了罷？不但甲辰的日俄之戰如此，就是甲午的中日之戰也是如此。中國甲午以來至於甲戌這四十年間便一直只保有講和狀態的海軍，此是明顯的事實無庸諱言，蓋這四十年來的政治實以不同外國打仗為基礎而進行著的，到了今日這個情形恐怕還沒有變吧？在別人——不，就是在自己以前也如此，只好講和的狀況之下，現今要開始戰爭，如是可能，那是否近於奇蹟？

本來政府未曾對人民表示過，將來是否要與外國或預料與那一國打仗，我們人民也不必多疑以自取「樊惱」。但是我看報章上常有代表輿論的主筆做社論，政界要人對人談話，多說一九三六年的中國怎樣怎樣，這就使人民想起幾個問題，想問一下，便是打不打，同誰打，怎麼打？頭兩個屬於軍機秘密，大約不好問吧，末了一個似乎不妨請教，卻也很是重要，因為必須先決定了沒有海軍也可以打，那才能說到打誰或打不打。

有些本來是公開的秘密，我想為政者也可以就公開了，不必再當作什麼秘密，反使得人民懷疑，不信任。《論語》十九，子夏曰，君子信而後勞其民，未信則以為厲己也。現在政府正在崇聖尊經，我願以卜子的這句話奉獻。

末了我想關於軍事訓練說一兩句話。我於教育是外行，並不想說軍事訓練對於中小學學業的妨害，那去問校長教員們都知道，我只說學校裡的軍訓之無意義。這軍事訓練在日本是有意義的，日本是徵兵制，青年總得去當兵，不過從前在學時期可以「猶豫」，現在則即就學校加以訓練，實即移樽就教法耳。中國學生大學畢業，非去做各種的官也得充當教書匠，失業即未得業者往學術諮詢處註冊，大約沒有百分之一去入伍吧。那麼這多少年月的訓練至少也總是白費。

再說南邊幾處的訓練壯丁，用意與待遇未始不好，然而有些農民寧願逃亡，流落在外作苦工，不肯在鄉訓練幾個月，仍有工資可拿，何也，民未信也。遊定縣農村，村長曰全村戶數幾何，但官廳記錄則數更少，因種種支應攤派以戶口計，不能堪也，此亦是未信之例。說到農村，敝人對於此亦全是門外漢也，多談恐有誤，我的閒話可以就此打住了。

民國二十三年，冬至日。

楊柳

楊柳這題目是我所喜歡的，已經有好幾年了，我常想自己來寫篇文章，也想叫人家寫，我自己沒有寫成，因為覺得不容易寫得好，如李笠翁《閒情偶寄》裡那一篇就很有意思，現在寫起來未必能更出色。叫人家寫就是出題目，我同友人們談到國文考試，總反對那些古學或策論的試題，常說只要寫一篇談楊柳的文章就好，雖然實在也還沒有實行過。可是我一直至今還是這樣想，相信要考學生的國文程度須得賦得楊柳。

所謂國文，特別在考試時，乾脆地一句話實在即是作文，即現今通用文字的應用，合格的條件只是文理通順，並不需要義理考據詞章那一部門的成績。

不知道從那一朝代起國文這名稱變成與國學同義，而這國學範圍又變大了，除義理考據詞章之外還加上了經濟，不過這並非亞丹斯密的而是文中子的，即經世濟民之道。

因此國文的題目可以有許多花樣，如養浩然之氣論，楊朱為紅印第安人考，社會主義出於儒家說，抗日救國策，擬重修盤古廟上梁文，等等。這樣要表示國學內容的豐富本來也很好，但是離開考查學生使用國文的實力這目的卻是很遠了。並不是說「西洋人吃雞蛋所以兄弟也吃雞蛋」，他們的辦法總可以拿來做個比較，他們的作文題目不過是「旅行之益」等罷了，不會問什麼培根的思想或莎士比亞的藝術，又或是培根莎士比亞異同考，因為這些是屬於哲學或文學史的範圍，就是要考也須得另外考試，不能混在作文裡邊的。

中國平常英文作文或考試英文的時候，大抵也照例出這一類題目，不聽見有人批評不對，何以考國文時特別不同，這是什麼緣故？假如出題目為的是要表示考官的博雅，那麼出些古怪難題或者可以誇示一下，若是要試驗考生的能力，這正是緣木求魚，走了反對的路了。

題目如古怪而難，結果是大家做不出，成績差的固然不會寫，就是平日成績好的也一樣地寫不好，如題目平易則人人各盡所能，各人可以寫出一篇來，各人的能力大小也都可以自在地表現在裡邊，寫的不大苦，看的也很容易。據我所知道只有清華大學曾經這樣辦過，出過「釣魚」，「蠟燭」等的題目，而社會上大為譁然，真可謂少所見多所怪了。

有人或者要懷疑，叫學生做楊柳的題目，豈不太容易了，各人會都做得一樣，分不出高下來麼？這其實是不會的。各盡所能，其能有大小，文章自然不能一樣。譬如向來專做義理或經濟的工夫的朋友，可以先說松柏在山可作棟梁，楊柳植於河邊，不足供爨，結云，嗚呼，君子小人之別亦猶是矣，學者其可不慎所立哉。

又或云，楊柳順樹之生，逆樹之亦生，若旦旦而搖之則不生也矣，君子於此可以知治民之道已。治考據者可以考楊與柳的分別，喜詞章者可作小賦，不過近代考據多以歷史為限，又偏於上古，故學者或長於查究老莊楊墨的戶籍護照，名物之事未甚注意亦未可知，如有能於風簷寸晷中作楊柳考者殊不易得，已大可嘉許了，四者之外如能有一篇清通小文，或述故事，或說感想，或敘物理，簡單明瞭，「不支不蔓」，此即能寫國文的證明，可給及格的分數，看卷的事情豈不甚易而仍甚可靠乎。所可慮者，此種能寫清通小文的大約不能多有，特別在此刻現在，何也？會考的結果，學生必是多做不通的古文也。

古文本來是文體的一種，並不一定不通。我看古來的古文可以分作兩類，一類是左國莊韓司馬的古文，一類是韓愈以後的古文。

第一類是以古文體寫的文章，裡邊有寫得很好的，我們讀了知道歡喜知道賞識，卻又知道絕對做不來，至多只好略略學點手法揀點材料來加入我們自己的文章裡，第二類的我實在不覺得他們有什麼好，他們各人盡有聰明才力，但在所謂唐宋明清等等八大家這一路的作品卻一無可取，文章自然不至於不通，然而沒有生命，與上一類相比便有不同，我們覺得不值得怎麼讀，可是很不幸的是卻易於學，易於模擬。

好文章學不來，壞的偏偏好學，學好的結局還寫成壞文章，學壞文章必然更壞，自然就至於不通。中學教國文的先生以及社會上提倡學古文的人，老實說不見得比我輩更能懂得古文的好壞與寫文章的甘苦，中學學生又沒有十年螢雪的工夫去揣摩吟味，先生們所讀的古文既壞所寫的尤壞，徒弟所作如何能好，刻鵠類鶩，必將不通而不可救矣。

我平常寫雜文，用語時時檢點，忌用武斷誇張的文句，但是這回我躊躇考慮好久之後終於寫成了「不通而不可救」六個字。不通云者，普通常曰文理不通，實在有兩方面，一是文字，擬古而工夫未足，造句用字多謬誤，二是思想，文既不能達意，思想終亦受了束縛而化為烏有，達無可達了。

我自己有過一點小經驗，可以參證。有一個時期我曾在某處教國文，擔任過本一的作文三年，所得的結果可以分兩點來說。一，作文練習是很有實效的。老實說我實在是很懶惰的，學生作文我未能一一細改密圈，不過稍為批點，指出它的佳處或劣處罷了。到了一年末了，除了本來中了古文毒不能寫的之外，進步顯然，就只這二三十次的習作並不靠刪改的幫助已經發生效力了。二，在中學專做古文的學生不能寫文章。做古文（自然是濫古文）本來不難，只要先看題目，再找一篇格調來套上，就題字繞一陣子，就能成功。可是這樣一學會就中了毒，要想戒救極不容易。我平常不大出題目，這些學生覺得不便，叫她們自己出呢，大抵是國家興亡匹夫有責這一類的大題目，文章又照例是空泛的。

勸她們改做小題目，改用白話試試看，做成之後作者自己先覺得可笑，文字與意思都那麼的幼稚，好像是小學兒童的手筆。有志氣的學生便決心盡棄所學而學焉，從頭學寫普通的文章，努力去用了自己的頭腦去想，用了簡明的白話寫出來，一面嚴防濫古文的說法想法的復活與混入，這樣苦心用功以後才慢慢地可以挽回過來，差不多可以說至少要用一年的苦功來淨除從前所中的古文毒並從頭來修習作文的門路。假如不能這樣做，只好老寫濫調古文下去，能夠說人心不古或地大物博等空話，卻終不能達出自己的意思來，這樣即是不通而不可救了。不識字曰文盲，識字而不能寫文章可以謂之文啞罷。欲醫治文啞的病，我想只有楊柳這一味藥。

會考之後中學生多做古文了，至少在長江一帶已是如此，這是我聽一位朋友說的話，究竟如何須候事實證明。我卻相信這是可能而且還是必然的。不過我的意見平常友人總說我太不樂觀，所以不必多說。然而說也奇怪，我於古文的反動偏是很樂觀的，覺得這不會成功，因為復古的人們自己都是古文不通的，所可惜者是平白地害了許多青年變成不通而已。

（二十四年四月）

關於孟母

民國二十三年十二月三十日通縣女子師範學校禮堂落成兼開新年同樂會，請關麟徵焦實齋徐祖正諸位先生去講演，我也被拉在裡面。諸位先生各就軍事外交教育有所發揮，就只是我沒有辦法。

我原是棄武就文的，可是半路出家終未得道，弄成所謂稂不稂莠不莠的樣子，所以簡直沒有什麼專門話可說。但是天無絕人之路，忽然記起華光女子中學所扮演的六女傑，又想起兩句《三字經》裡的文句，臨時就湊了起來，敷衍過去三十分鐘。

這題目可以叫作賦得孟母。我說，中國現在需要怎樣女子呢？這就是孟母那樣的。華光女中所扮的六女傑可以代表一般青年的心理，在我看去卻很有可商之處。嫘祖再有是不可能，武則天與王昭君在現今都是同樣地不需要，而且有了也反不好，班昭《女誡》實為《女兒經》之祖母，不值得尊崇。餘下是兩位女軍人，花木蘭，梁紅玉還是秦良玉呢，總之共有兩位，可見人心之所歸向了。

不過我以為中國要打仗似男子還夠用，到不夠用時要用女子或亦不得已，但那時中國差不多也就要完了。女軍人與殉難的忠臣一樣我想都是亡國時期的裝飾，有如若干花圈，雖然華麗卻是不吉祥的，平常人家總不希望它有。講到底這六女傑本身因為難得所以也是可貴，在現今中國卻並沒有大好處，即使她們都再出現。

據我想現在中國所需要的倒還是孟母。《三字經》上說：

昔孟母，擇鄰處，
子不學，斷機杼。

這種懂得教育的女子實在是國家的臺柱子。還有一層，孟母懂得情理。

《列女傳》卷一云：

「孟子既娶，將入私室，其婦袒而在內，孟子不悅，遂去不入，婦辭孟母而求去。……於是孟母召孟子而謂之曰，夫禮將入門問孰存，所以致敬也，將上堂聲必揚，所以戒人也，將入戶視必下，恐見人過也。今子不察於禮而責禮於人，不亦遠乎。孟子謝，遂留其婦。」

我讀這一節不勝感歎。傳云，「君子謂孟母知禮而明於姑母之道」，固然說得很對，其實禮即是人情物理的歸結，知禮者必懂得情理。思想通達，能節制自己，能寬容別人，這樣才不愧為文明人，不但是賢姑良母，也實是後生師範了。假如中國受過教育的女子都能學點孟母的樣，人民受了相當的家教，將來到社會上去不至於不懂情理，胡說胡為，有益於國家實非淺鮮，孟母之功不在禹下。

我這孟母贊原是一時胡謅的，卻想不到近日發見了同調。北平市長主張取締中學男女同學，據說這是根據孟母的教育法，雖然又聽說這是西班牙公使的意見。孟母不願意她的兒子為墓間之事，踴躍築埋，或嬉戲為賈人炫賣之事，這是見於《列女傳》的，若男女不同學則我實在找不到出典。話分兩頭，反正孟母沒有此事也無關係，別人要怎麼說都可隨便。

我仔細思想之後，覺得自己推崇孟母的意見還是不錯的，因為像她那樣懂得情理的人實在是難得，現在中國正需要這種人。前兩天給北平《實報》寫了一篇星期偶感，題曰「情理」，其中有一節云：

「我覺得中國有頂好的事情便是講情理，其極壞的地方便是不講情理。隨處皆是人情物理，只要人去細心考察，能知者即可漸進為賢人，不知者終為愚人，惡人。《禮記》云，飲食男女人之大欲存焉，死亡貧苦人之大惡存也。《管子》云，倉廩實則知禮節，衣食足則知榮辱。

「這都是千古不變的名言，因為合於情理。現在會考的規則，功課一二門不及格可補考二次，如仍不及格，則以前考過及格的功課亦一律無效。這叫作不合理。全省一二門不及格的學生限期到省補考，不考慮道路的遠近，經濟能力的及不及。這叫作不近人情。教育方面尚如此，其他可知。」

五月十日天津《大公報》短評欄有一篇「偶感」，末二節云：

「又如南京市決計剷除文盲，期於明春剷除百分之七十，這實在是極好的消息。但據說明年五月要在街上抽驗，倘有不識字的，要罰銀一元，這就可怪了。自己預期的成績為百分之七十，那麼明明承認有百分之三十的文盲依然存在，這些人受罰，冤也不冤？

「苦生活的人們從小無受教育機會，現在給他們機會，自然很好了，但輪不到受教之人，或雖受而記憶不佳之人，卻新有了罰錢的危險，這實在不是情理所宜。希望這電訊所述不一定要實行，應該根本上沒有罰錢的規定。只識字並不能濟貧，奈何要向貧民罰款！」

這裡我還想補充一句話：不知道這一元的罰金可以有幾天效力，假如這不是捐稅那樣地至少可有效一年，那麼這些無緣受教或記憶不佳的諸公每月還須得備三十塊錢來付這筆罰款哩。

說到這裡，我偶然看見《三國志·徐邈傳》的文句云，「進善黜惡，風化大行」，忽然似乎懂得男女同學與孟母三遷的關係了。風化云者蓋本於君子之德風小人之德草，謂影響也，猶墓間之學築埋，市傍之學炫賣耳。今人云為風化故而取締男女同學，准孟母教育法當由於居妓院旁習為邪僻。但是，這例子顯然不對，男女同學並不一定在妓院旁，一也。不同學的男女或者倒住在妾院旁，二也。學生如在其家習見妾，婢，賭，煙等邪僻事，即不男女同學亦未必有好風化，依真正孟母之教實在還在應遷之列者也。

故如准照人情物理而言，學生不准住妓院旁，不准住有妾婢等的家中，乃為正風化的辦法，若普通的男女同學讀書則是別一件事，實與孟母毫無關係。平常人濫用風化二字，以至流於不通，如法庭上的性的犯罪在民間常稱風化官司，殊不可解，少時嘗誤聽為風花官司，似尚較有諧趣也。在中國這一類的字頗多，函義曖昧，又復傳訛，有時玄秘，有時神異，大家拿來作為符籙，光怪陸離不可究詰。不佞之意以為當重常識以救治之，此雖似是十八世紀的老藥方，但在精神不健全的中國或者正是對症服藥亦未可知。

（二十四年五月）

保定定縣之遊

保定育德中學來叫我同俞平伯先生去講演，我考慮了一番之後，覺得講演雖然甚是惶恐，但保定定縣卻很想去一看，所以躊躇了幾天就答應了。

十一月二日早晨同平伯從東站趁火車出發，午後二時四十分抵保定，育德校長郝先生，學監臧先生，和燕大舊同學趙巨源先生都在車站相候，便一同到了學校。

下午我們五個人出去遊覽，到過曹錕廢園蓮花池等各處，想去看紫河套卻已沒有時間了，在怡園吃了飯，便回到學校住在待樓上。

三日晨平伯起來很早，去看了學生早操，飯後訓育主任李先生來引導我們參觀全校，設備一切都極完善。

十時，我同平伯去講演，到十二時畢，所說的無非是落伍的舊話，不必細表。下午三時十分由保定站坐火車南行，五時十分到定縣，伏園來接，到他的寓裡寄宿。

四日上午大約九點鐘光景，我同平伯伏園出發下鄉。先到牛村，訪村長吳雨農先生，聽他說明生計改進情形並農村概況，引導參觀之後，再到陳村，訪住在那裡辦教育事務的張含清先生。因為時候已不早了，先在張先生家裡吃過飯，請他解釋正在應用的導生制的新教學法，隨後再去參觀傳習處遊戲場托兒所等處。

看看日色已西，匆忙作別，回到寓所已是五時三十分了。這一天坐了兩個騾子拉的大車，來回一共化了八個鐘頭，可是還不覺得困倦，路上顛簸震動不能說沒有，因為路是有軌道的，所以還不怎麼厲害。北大的老同學老向來談，一同吃晚飯，同往平民教育促進會與文藝部諸君茶話，又大說其落伍話，散會回寓已經很不早了。

五日上午跟了伏園四處亂走。先到保健院訪院長陳先生，承他費了好些貴重的時間告訴我們許多重要的事實。其次去看中山靖王的墳，差不多算是替劉先生去掃了他的祖墓，伏園給我們照了一個相，平伯立著靠了墓碑，我坐在碑腳下，彷彿是在發思古之幽情的神氣，只可惜這碑是乾隆年間官立的，俗而不古。末了我們去看農場，本來想關於賴杭雞波支豬的事情多打聽一點，可是午後就要趕火車回北平，不能多逗留了，只能匆匆步了一轉，回寓吃飯去了。

下午一時四十分火車開行，到七時四十五分就回到北平正陽門了。我們這回旅行雖然不過整整四天，所見所聞卻是實在得益不少，而且運氣也特別好，我們回來的第二天就刮大風，在旅行中真是天朗氣清，什麼事都沒有，此牛村之行所以甚可紀念也。

平民教育促進會在定縣的工作，已經有許多人說過了，現在可不復贅。我對於經濟政治種種都是外行，平教會的成績如何我不能下判斷，但是這回我看了一下之後對於平教會很有一種敬意，覺得它有一絕大特色，以我所知在任何別的機關都難發見的，這便是它的認識的清楚。平教會認識它的對象是什麼。

這似乎是極平常極容易，可是不然。平教會認清它的工作的對象是農民，不是那一方面的空想中的愚魯或是英勇的人物，乃是眼前生活著行動著的農村的住民。他們想要，也是目下迫切地需要的是什麼東西，目下不必要也是他們所並不想要的又是什麼東西。平教會的特色，亦是普天下所不能及的了不得處，即是知道清楚這些事情而動手去做。

我聽村長們的說話，凡是生計改進方面的事，如穀類的選種，可以每畝多收，不易受病，又賴杭雞生蛋，數目多，分量大，波支豬長肉多而速，他們都確實的感到實益，其次是合作社，保健所，平民學校等。這都是平教會所做的切實的事，也是農民所需要或所能接受，所以於人民生活上多少有些利益，平教會也多少得到信用。不唱高調，不談空論，講什麼道德綱常，對飯還吃不飽的人去說仁義，這是平教會消極方面的一大特色，與積極方面的注重生計同樣地值得佩服。

古人說過，衣食足而後知禮義。凡是真理必淺近平易，然而難實行，其實並不難，只是不知為甚總是不行罷了，於是能實行一步者使五百年難遇一人，現在平教會知道而且能為農民謀衣食，真真是為世稀有也。平教會近來兼管縣政，在我外行卻覺得這是一累，新縣長新修了城樓，這是一種時新的建設，不過由我說來這只足以供我們遊人的瞻仰，於本縣人民生活蓋無什麼大關係乎。

我上文說普天下不能及，這原是《水滸傳》中「普天下服侍看官」的那普天下，看官不要看得太實在，以為我說得太誇張了。其實中國地大物博，與平教會有同樣認識的當然不會沒有，我說的話原是以我的孤陋寡聞為限。我根據我的見聞，深覺得認識清楚實在是天下一件大難事，一大奇事，教育家政治家也多還不能知道其對象為何物，可以證矣。

夫教育的對象當然是兒童了，學齡是有規定的，那麼在什麼學校的是什麼年齡的兒童本不難知，而什麼年齡的兒童其生理心理上是什麼情形又應該如何對付也都有書可查，那麼事情似乎很是簡單的了。然而不然。

山西會考高小學生，國文題是「明恥教戰論」。算來高小畢業生該是十三四歲，做得出這題目麼？我從前投考江南水師的時候，國文題是「云從龍鳳從虎論」，這與上邊的倒是一對，一個《易經》，一個《左傳》，不過那時考的新生總都有十七八歲，而且也還是光緒辛丑年的故事呀。

又聽說蘇州舉行什麼禮儀作法考查會，七十幾個小學生在烈日中站上兩個鐘頭，暈倒了五十多個，據近時上海報載如此。當局者大約以為小學生的頭是鐵的吧？這種例很多，也可以不必多引了，至於政治今且慢談，但舉出北平近來的一件事，為了整飭市容的緣故，路邊不准擺攤，有些小販便只好鑽到高粱橋下去了，關於這事閒人先生知道得很清楚。

遊覽的外賓意見如何我不知道，在我們市民看去則有攤並不怎麼野蠻，無攤也不見得就怎麼文明，而在多數的平民有靠這攤為生的卻難以生存了。但是為政者似乎對於這一點全未曾考慮到。昔人稱范文正公作宰相只是近人情，仁者人也，近人情即與仁相去不遠矣，而智實又是仁的初步，不知道人情物理豈能近人情哉。現今所最欠缺者蓋即是此點，不智故不仁也。

其次，我們看了一下農村的情形，得到極大的一個益處，便是覺悟中國現在有許多事都還無從做起，許多好話空想都是白說，都是迷信。定縣在河北不是很苦的縣分，我們不過走了幾個村莊，這也都是較好的，我們所得到的印象卻只是農民生活的寒苦。

我們與村人談村裡出產什麼東西，原知道北方人天天吃麵食的概念是不很可靠的了，所以不談這問題，平伯乃問村裡所出的小米自己夠吃麼？豈知這問亦是何不食肉糜之類，據回答說村人是不大吃小米的，除有客人或什麼事情之外，平常只以紅薯白菜為食。關於衛生狀態據保健院長說，縣內共有二百零幾村，現在統計一切醫生，連巫醫種種在內，凡自稱治病者都算作醫生，人數也還不夠分配。又說定縣村中遇有生產，多由老年婦女幫忙收拾，事後也無報酬，至今沒有職業的產婆，即欲養成亦不容易，因不能成為職業也。

又聽主管教育的張先生說，現在農村裡推行教育，第一困難而沒法解決的是時間問題。假如學校是有了，學費什麼都不要，教科書和用品一律發給，辦法十分周到，似乎教育應該發達了，然而他們還是不來，因為他們沒有來上學的時間。

農民的家庭組織是很經濟的，家中老老小小都有工作，分擔維持生活的一部分，六歲的小孩要去捉棉花，四歲的也得要看管兩歲的弟妹，若是一個人離開了他的本位，一家的生活便會發生動搖。所以要他們來上學，單是免費還沒有用，除非能夠每月給多少津貼，才可以希望他們把生利的人放出來讀書。

我對於農村問題完全是門外漢，見聞記錄或亦難免有誤，而且這些情形並非定縣所特有，在別處大約很多，有些地方還有加倍寒苦者，這些道理我都承認，但是即使如此，即使定縣的農民生活在中國要算是還好的，我的結論還是一樣，或者更加確信，即是中國現在有許多事都無從說起。我是相信衣食足而後知禮義的說法的，所以照現在情形，衣食住藥都不滿足，仁義道德便是空談，此外許多大事業，如打倒帝國主義，抗日，民族復興，理工救國，義務教育等等，也都一樣的空虛，沒有基礎，無可下手。

我想假如這些事不單是由讀書人嚷嚷了事，是要以民眾為基礎的，那麼對於他們的生活似乎不可不注意一點，現在還可以把上邊的空話暫時收起，先讓他有點休息的時間，把衣食住藥稍稍改進，隨後再談道德講建設不遲。《論語》，《子張》第十九云：「子夏曰，君子信而後勞其民，未信則以為厲己也。」《孟子》，《梁惠王上》云：「今也制民之產，仰不足以事父母，俯不足以畜妻子，樂歲終身苦，凶年不免於死亡，此惟救死而恐不贍，奚暇治禮義哉。」我個人的意見雖然落伍，對於農村等問題雖然是不懂，但是我所說的話卻是全合於聖經賢傳的，這在現今崇聖尊經的時代或者尚非逆耳之言而倒是苦口之藥乎。

（二十三年十二月）

日本管窺

日本是我所懷念的一個地方。我以前在杭州住過兩年，南京東京各六年，紹興約二十年，民六以來就住在北京，這些地方都可以算是我的一種故鄉，覺得都有一種情分，雖然這分量有點淺深不一。

大抵在本國因為有密切的關係的緣故，往往多所責望，感到許多不滿意處，或者翻過來又是感情用事地自己誇耀，白晝做夢似的亂想，多半是情人眼裡的臉孔，把麻點也會看做笑靨。對於外國則可以冷淡一點，不妨稍為個人主義的，無公民的責任，有寓公的愉快。本來這也不能一概而論，如西洋人看東方事情似乎多存一個「千夜一夜」的成見，以為這一群猴子中間必有十分好玩的把戲，結果將無論什麼事物都看得非常奇怪，還有或者在政治上有過仇隙的，又未免過於吹毛求疵以至幸災樂禍，此雖亦是人情所不能免，但與事實當然相去更遠了。

我在東京居住是民國以前的事，自庚子至二次革命這期間大家知道中國的知識階級以至民黨對於日本的感情是並不很壞的，自五三即濟南事件至五一五即犬養被害這裡邊有好些曲折，我們現在不好一句話斷定，至於日本雖是外國但其文化的基本與中國同一，所以無論遠看近看都沒有多人驚異，如西洋人那樣看了好久畫下來時女人還不免是左衽，在這點上，我們總是比較冷靜地看得清白的。因為這些緣由，我對於日本常感到故鄉似的懷念，卻比真正的故鄉還要多有遊行自在之趣，不過我在這裡並不想寫這些回憶，我現在只想談一點關於日本的感想，先略略說明自己的情調而已。

普通講到日本人第一想到的是他的忠君愛國。日本自己固然如此說，如芳賀矢一的《國民性十論》的第一項便是這個，西洋人也大抵如此，小泉八雲（Lafcadio Hearn）的各種著書，法國詩人古修（Paul-Louis Couchoud）的《日本的印象》都是這樣說法。我從前很不以為然，覺得這是一時的習性，不能說是國民性，據漢學家內藤虎次郎說日本古來無忠孝二語，至今還是借用漢語，有時「忠」訓讀作 Tada，原義也只是「正」耳，因此可知這忠君之德亦是後起，至於現今被西洋人所豔稱的忠義那更是德川幕府以後的產物了。

我以為日本人古今不變的特性還是在別地方，這個據我想有兩點可說，一是現世思想，與中國是共通的，二是美之愛好，這似乎是中國所缺乏。此二者大抵與古希臘有點相近，不過力量自然要薄弱些，有人曾稱日本為小希臘，我覺得這倒不是謬獎。我至今還是這個意見，但近來別有感到的地方，雖然仍相信忠君愛國是封建及軍國時代所能養成的，算不得一國的特性，至於所謂萬世一系的事實我卻承認其重要性，以為要瞭解日本的事情對於這件事實非加以注意不可，因為我想日本與中國的思想有些歧異的原因差不多就從這裡出發的。

萬世一系是說日本皇位的古今一貫，自從開國的神武天皇至現今的昭和天皇，一百二十四代，二千五百九十五年，延綿不絕，中間別無異族異姓的侵入，這的確是稀有可貴的事，其影響于國民心理者自然至深且大。

這裡可以分兩點來說。其一是對於國的感情。日本古來的幸運是地理上的位置好，人民又勇悍，所以歷來他可以殺到中國高麗來，這邊殺不過去，只有一回蒙古人想征服他，結果都沉到大海裡去了。因此日本在歷史上沒有被異族征服過，這不但使國民對於自己的清白的國土感到真的愛情，而且更影響到國民的性情上可以使他比被征服的民族更要剛健質直一點。

中國從周朝起就弄不過外夷，到了東晉天下陷沒了一半，以後千六百年，沒有什麼好日子過，元與清又兩次征服了全國，這給與國民精神上的打擊是難以估量的，庚子聯軍入京時，市民貼順民標語還要算是難怪，九一八以後關外成群成隊的將卒都「歸順」了敵國，這是世界少見的事，外國只有做了俘虜，後來還是要回本國去的，這樣入籍式的投降實在是被征服的歷史的餘毒。

這一比較就可以看出日本人的幸運來，他們對於本國所懷著的優越感也不是全無道理的了。

但是這種感情也有粗細的分別，即鄉土的愛護與軍國的欲望。如近代詩人小林一茶有幾首俳句（即時應稱發句），其一詠櫻草云：

「在我們國裡就是草也開出櫻花來呀。」——只譯述大意，一點都不像詩了，櫻草中國名蓮馨花，但我們不大知道。

其二題云「外之濱」：

「從今天起是日本的雁了呀，舒服地睡吧。」

這都是詩人的說話。又如大沼枕山善作漢詩，我當初在永井荷風的《下谷叢話》中看見他的一首《雜言》之一，很是喜歡，後來買到《枕山詩鈔》，在初編卷下找到，詩云：

「未甘冷淡作生涯，月榭花台發興奇，一種風流吾最愛，南朝人物晚唐詩。」

又二編卷下有《題芳齋所藏袁中郎集尾兼示抑齋》詩四首，其四云：

「愛國憂君老陸詩，後人模仿類兒嬉，中郎慧眼能看破，杯酒之間寓痛思。」

本來也很有理解，但是二編卷中有《源九郎》一首云：

「八郎單身取琉球，九郎多士況善謀，蝦夷若用西征力，韃靼俄羅皆我州。」

此原係詠史之作，稱揚義經弟兄的武勇，但詩既不佳，思想更謬，蓋優越感之惡化，有如勃闌特思之批評普式庚（Pushkin）晚年正是獸性的愛國了。

再說其二是對於君的感情。

日本現在雖然還有皇族華族士族平民四個階級，普通總說古來是一大家族，天皇就是族長，民間亦有君民一體的信仰，事實上又歷來戴著本族一姓的元首，其間自然發生一種感情，比別國的情形多少不同，或更是真情而非公式的。

在中國六朝時有過雄略（二十一代）武烈（二十五代）諸天皇，據史書上說頗為暴虐，但是去今已遠，十世紀時冷泉天皇（六十三代）用藤原氏為關白，差不多是宰相執政，到了後鳥羽天皇（八十二代）建久三年（西曆一一九三）以源氏為征夷大將軍，大權更是旁落，幕府就是政府，天皇不過守府而已，直到一八六八年明治維新，這才王政復古。

臣民中覬覦皇位的也有過兩個人，一個是武人平將門，一個是和尚弓削道鏡，卻都失敗了，此外武人跋扈的更不少，不過至多做到廢立，自己只要做「將軍」握政權就夠，這在中國只有曹孟德一人可以相比。

順德天皇（八十四代）承久三年（一二二一）禪位於仲恭天皇（八十五代），稱上皇，但上邊還有兩位在那裡，即後鳥羽上皇與土御門上皇。後鳥羽上皇因為政權為幕府所把握，而且源氏既滅，陪臣北條氏擅權，心甚不平，便下敕討伐，北條氏軍立即佔領京都，於是廢仲恭天皇，立後堀河天皇（八十六代），三上皇則悉「遷幸」，後鳥羽上皇往隱岐，土御門上皇往土佐，順德上皇往佐渡，又於京都南北六波羅設「探題」官兩員，以監視宮廷。

這在歷史上稱為承久之亂，又百年而有建武中興之事。後醍醐天皇（九十六代）滅北條氏，改元建武，努力中興，可是降將足利尊氏復叛，陷京都，三年（一三三六）天皇幸吉野，稱吉野朝，尊氏擁立光明院，自為大將軍，開幕於室町，史稱南北朝焉。

在歷史上南朝本為正統，三傳至後龜山天皇乃以神器歸於北朝後小松天皇（百代），南北分立者凡六十六年。這樣看來，武人對於皇室可謂不很客氣，和我上面所說人民的感情大不相同，可是塞翁得失很是難說，因為天皇向來只擁虛位不管事，所以人民對於他只有好感情，一切政事上的好壞都由幕府負責任，這倒頗有君主立憲的好處，所差者就是那責任幕府是世襲的獨裁者，自然不免有殘民以逞的事情，但是由我看來這總比現在還好一點吧。

我覺得日本這幾年的事情正是明治維新的反動，將來如由武人組織法西斯政府，實際即是幕府復興，不過舊幕府的態度是直爽的，他的僭上專擅大眾皆知，做事好歹不與天皇相干，這是我所說的較好處了。別國的政治我們不好妄說，實在我也不懂，但這卻是實情，歷來天皇雖無實權，人民對於天皇的感情則很深厚。

在明治四十年頃，大正天皇還是皇太子的時候，我曾在東京見過一次，那時我在本鄉的大學前閒走，警官忽然叫行人都在路旁站住，又叫去帽，一煞時皇太子和太子妃坐了一輛馬車過來，舉著手對眾人還禮，我見了很佩服，覺得真有一家和平之象。日前聽日本友人說，現今警蹕森嚴，情形有點不同了。為什麼這樣剝奪了人民的信與愛的呢？這在中國不足為奇，但在日本雖然我們是外國人卻不能不很為之可惜也。

日本人是單純質直的國民，有他的好性質，但是也有缺點，狹隘，暴躁。在現今的世界上欺侮別人似乎不算是什麼壞事，可以不說，單說他對自己也往往如此，愛之適以害之。日本人的愛國平常似只限於對外打仗，此外國家的名譽彷彿不甚愛惜。

去年秋天我往東京，在一個集會上遇見好些日本的軍人和實業家，有一位中將同我談起許多留日學生回去都排日，這是什麼緣故，他以為一定是在日本受了欺侮的結果。我說這未必然，以我自己的經驗來說不曾受過什麼欺侮，我想這還是因為留學生看過在本國的日本人，再看見在中國的日本僑民的行為的緣故吧，中國老百姓見了他們以為日本人本來是這樣的，無可奈何也就算了，留學生知道在本國的並不如此，而來中國的特別無理，其抱反感正是當然的了。

那位中將聽了十分詫異，說這樣情形倒不知道，只可惜我無暇為他具體地說明，讓他更知道得切實一點。

恰巧今天（五月三日）北平《晨報》的社說講及戰區內縱容日鮮浪人欺凌華人的事，又引《密勒評論報》調查戰區一帶販毒情形，云唐山有嗎啡館一百六十處，灤縣一百零四處，古冶二十處，林西四處，昌黎九十四處，秦皇島三十三處，北戴河七處，山海關五十處，豐潤二十三處，遵化九處，餘可類推。

北平這地方雖在戰區之外我想也可以加上，這裡我不曾調查出數目，但據我從在北平的好些日本的熟人直接間接聽來，頗知道一點情形，其實這已並非秘密，中日的警官以及北平市民大抵都知道了的。

有一位日本友人說，他的店裡常有人去說要買，答說沒有，不肯相信，無論怎麼說他總不肯走，蓋他以為凡是日本人的店無不賣那個的也。這位友人的窘況與不愉快我很能諒解，他就做了那些不肖的同胞的犧牲，受了侮辱叫他有口也不能分辯。但是領事館為什麼不取締的呢？說毒化政策這倒未必然，大約只是容許僑民多賺一點錢吧。

本來為富不仁，何況國際，如英國那樣商業的國家倘若決心以賣雅片為業，便不惜與別國開戰以達目的，這倒也言之成理，日本並不做這生意，何苦來呢！商人賺上十萬八萬，並不怎麼了不得，卻讓北平（或他處）的人民認為日本人都是賣白麵嗎啡的，這於國家名譽有何好看，豈不是貪小失大麼？日本平常動不動就說中國人排日侮日，其實如上邊所說使一地方人民都相信日本人專售嗎啡豈不更是侮日之尤，而其原因還不是在日本官民之不能自己愛惜國家的名譽的緣故麼？這又是甚可惋惜之一事也。

由君臣主從之義發生的武士道原是日本有名的東西，在古來歷史文藝上的確不少可泣可歌的故事，但是在現今卻也已不行了。民國以前我居留東京的時候，遇見報上發表市內殺死多人的案件，便有老劍客發牢騷說人心不古，劍術太疏了，殺人要這樣的亂劈，真不成樣子，而且殺女人小孩以及睡著的人，這都是極違反道義的行為。

老年人的歎息多是背時的，可是這段話我覺得很有意思，至今還記得，雖然年月人名已經說不清楚了。昭和七年（一九三二）五月十五日海陸軍青年將校殺內閣總理犬養毅，所謂五一五事件發生後，武士道似乎更成了問題：究竟這東西在日本還有麼？

我們回想元祿十五年赤穗義士四十七人為其主報仇，全依了國法切腹而死。明治元年土佐兵士殺傷法國水兵，二十人受切腹處分。這些悉是舊式武士的典型，他們犯禁，便負責伏法，即或法偶寬亦負責自殺，依了他們的「道」，也就是斯巴達武士的「規矩」。後面這回現役軍人殺了首相結果都從寬辦理，無一死罪，亦不聞有如古武士負責自殺者，老劍客如尚在不知當更如何浩歎也。

仔細想起來，這也不是現在才如此，大正十二年（一九二三）大地震時甘粕憲兵少尉殺害大杉榮夫婦及小兒，終得放免，已有前例。

其次還有民間主謀的一團人，首領井上日召據說是和尚，初審判了死刑，再審卻減了等，據報上說旁聽的那些親戚家屬聽了減刑的判決都喜歡得合掌下淚。我看了這紀事卻只覺得滿身不愉快，阿彌陀佛，日本的武士道真掃地以盡了。主謀殺人的好漢卻怎地偷生惡死，何況又是出家人，何其看不透耶。

照例說，那甘粕憲兵少尉，五一五的海陸軍人，井上和尚，都應該自殺，即使法律寬縱了他們，這才合於武士道。然而他們都不這樣做，社會上又似乎特別獎勵庇護著他們，因此可知一般社會亦久不尊重武士道矣。

戶川秋骨在文集《都會情景》中有一小文談到這事件，原文云：

「大臣暗殺固然也是紊亂軍規，第一是卑怯的行為。這或是由於說什麼現代之報仇那種頭腦糊塗的時代錯誤而起亦未可知，然這種卑怯行為在今日卻專歸那所謂愛國之士去實行。他們自己或者沒有自覺到也說不定，這樣的事情乃真是士風之頹廢也。在這一點上看來，現在頂墜落的東西並非在咖啡館進出的遊客，也不是左傾的學生，乃是這種糊塗思想的人們耳。我嘗說今日如有俠客這東西，那也總是助強挫弱的這類人吧，於今知道這句話也可適用於某某了。」

某某二字原係兩個叉子，無從代為補足，看語氣或者是軍人二字的避諱吧。——說到犬養木堂，並不是因為他與中國民黨有舊，我也和他的令息犬養健氏見過，所以恭維他，公平地說倒是他老人家那種堅決的態度很有武士道的精神，只可惜不幸死了，對於中日兩國都是很大的不幸，看他出來任這艱巨是原有覺悟的，所以那死也是他的本懷，後人亦不必代為扼腕嗟歎的吧。

我從舊曆新年就想到寫這篇小文，可是一直沒有工夫寫，一方面又覺得不大好寫，這就是說不知怎麼寫好。我不喜做時式文章，意思又總是那麼中庸，所以生怕寫出來時不大合式，抗日時或者覺得未免親日，不抗日時又似乎有點不夠客氣了。但是這沒有辦法，只能這樣了，寫了要去還拖欠已久的文債，來不及再加增減。

在末了我只想說明一句，我寫這篇文章只是略說我對於日本一兩點事情的感想，並沒有拿來與中國比量長短的意思。我們所說到底是外國人的看法，難免有不對的地方，至於中國本國的事情自然知道得更清楚，也承認有很多很大的缺點，這個不待人家說自己應該早已明白了，所以我素來不想找尋別人的毛病或辯護自家的壞處。

日本在他的西鄰有個支那是他的大大方便的事，在本國文化裡發見一點不愜意的分子都可以推給支那，便是研究民俗學的學者如佐藤隆三在他新著《狸考》中也說日本童話「滴沰山」（Kachikachi yama）裡狸與兔的行為殘酷非日本民族所有，必定是從支那傳來的。這種說法我是不想學，也並不想辯駁，雖然這些資料並不是沒有。

（二十四年五月在北平）

第五卷　别裁

關於十九篇

小引

有朋友在編日報副刊，叫我寫文章。我願意幫點小忙，可是寫不出，只能品湊千把字聊以塞責。去年暑假前寫了《論妒婦》等三篇，後來就收在《夜讀抄》裡邊，彷彿還好一點，從十一月到現在陸續亂寫，又有了十九篇，恐怕更是不成了，但是丟掉了也覺得可惜，所以仍舊編入隨筆，因為大多數題作關於什麼，就總稱之曰「關於十九篇」。

「關於」這二字是一個新名詞。所謂新名詞者大抵最初起於日本，字是中國字而詞非中國詞，卻去借了回去加以承認者也。這「關於」卻又不然，此是根據外國語意而造成一個本國新詞，並非直用其語，或者此屬於新名詞之乙類，凡虛字皆如此亦未可知。英國倍洛克（Hilaire Belloc）著文集云「關於一切」（On Everything）等等之外，聞又有名ON者，似可譯為關於，然則不佞殆不無冒牌之嫌疑，不過敝文尚有十九篇字樣，想不至於真成了文抄公也。

（二十四年五月二十六日記）

一　關於宮刑

今日北平各報載中央社柏林十日路透電云，「據官方今日宣稱，因犯有不正當之性行為而照去年十一月二十四日頒行之律處以宮刑者，共一百十一人，所有各犯均將在茅比特監獄醫院中施用手術，約每人八分鐘即可竣事，純以科學方法行之，受刑者於施用手術後將由醫士看護數月，在此期內將攝影以志其生理上之發展，並將灌音以察其喉音之變遷。」關於這條新聞恐怕有兩點容易誤解，想略加以說明。

一是所謂宮刑。報上雖然都用古雅的字寫作宮刑，我想這大約只是Castration罷，即除去內生殖器以防繁殖，在男子割去睪丸，更進步的方法則只要紮縛輸精管便行，但無論如何總於性交無妨，這一點是與中國宮刑截然不同的，所以假如有人想招這些新式刑餘之人去看守上房，那是要大失其望的了。

關於現代閹割這問題，英國藹理斯在《性的心理研究》卷六「性與社會的關係」中有所說明，第十二章論生殖之科學中云：

「古來醫術都反對去干涉生殖器官。希臘醫師宣誓時有一句云我不割，意思似即禁止閹割。到了近代卻發生了大變化，在有病時閹割的手術常施用於男女兩性，又曾有人主張，並且有時實行，施用同樣手術，希望可以消除強烈的變態的性欲。近年來更有人主張用之於消極的善種工作上，以為比防孕或墜胎更是根本地有效。

「贊成閹割的運動蓋發生於美洲合眾國，曾有種種實驗，列入於法律中。最初有韓蒙德，伊佛志，利特斯頓等人主張，只用以懲罰犯人，特別是性的犯罪者。但是從這觀點看去，這個辦法似乎不甚完全，而且或者有點不合法。在好些事件上，閹割並不是一種懲罰，卻是一種積極的利益。

「在別的些事件上，假如違反本人的意志而執行的，這會發生很有害的心理影響，使得本來已經精神變質或怔忡的人入於發瘋，犯罪，以及一般的反社會的傾向，比以前更是危險。善種學的研究較為後起，其主張施用閹割更有健全的基礎，因為閹割現在並不是執行一種野蠻的侮辱的刑罰，卻是出於本人的承認，其目的只在使社會安全，免於無用的或有害的分子之增加而已。」

德國的辦法似乎是用睪丸摘出手術，因為新聞上說明體格與聲音要發生變化，假如只用紮縛便沒有這些現象。又這在德國明明是用作一種懲罰，那麼藹理斯所說的那些流弊大約也就難免罷。

二是所謂不正當之性行為。這個名稱很是籠統，但意思顯然是指變態的性欲，並不包含法律外的普通男女關係在內，假如讀者誤解以為德國把犯姦的男子都下了蠶室，此固大足以快道學家之意，而回頭一看亦甚危險，據王寵惠博士說，中國男子有百分之三十納妾，依法理便均係犯姦，若照辦一下，突然要增出六千萬名的太監來，將如何得了乎。

（二十三年十一月十二日）

二　關於林琴南

整整的十年前，民國十三年十一月中，我曾經寫過這一篇小文，紀念林琴南之死：

「林琴南先生死了。五六年前，他衛道，衛古文，與《新青年》裡的朋友大鬥其法，後來他老先生氣極了，做了一篇有名的小說《荊生》，大罵新文學家的毀棄倫常，於是這場戰事告終，林先生的名譽也　時掃地了。林先生確是清室孝廉，那篇《蠡叟叢談》也不免做的有點卑劣，但他在中國文學上的功績是不可泯沒的。

「胡適之先生在《五十年來中國之文學》裡說，《茶花女》的成績遂替古文開闢一個新殖民地，又說，古文的應用自司馬遷以來，從沒有這樣大的成績。別一方面，他介紹外國文學，雖然用了班馬的古文，其努力與成績決不在任何人之下。一九〇一年所譯《黑奴籲天錄》例言之六云，是書開場伏脈接筍結穴，處處均得古文家義法，雖似說的可笑，但他的意思是想使學者因此勿遽貶西書謂其文境不如中國也，卻是很可感的居心。

「老實說，我們幾乎都因了林譯才知道外國有小說，引起一點對於外國文學的興味，我個人還曾經頗模仿過他的譯文。他所譯的百餘種小說中當然玉石混淆，有許多是無價值的作品，但世界名著實也不少，達孚的《魯濱孫漂流記》，司各得的《劫後英雄略》，迭更司的《塊肉餘生述》，小仲馬的《茶花女》，聖彼得的《離恨天》，都是英法的名作，此外歐文的《拊掌錄》，斯威夫德的《海外軒渠錄》，雖然譯的不好，也是古今有名的原本，由林先生的介紹才入中國。「文學革命以後，人人都有了罵林先生的權利，但沒有人像他那樣的盡力於介紹外國文學，譯過幾本世界的名著。中國現在連人力車夫都說英文，專門的英語家也是車載斗量，在社會上出盡風頭，——但是，英國文學的傑作呢？除了林先生的幾本古文譯本以外可有些什麼。……我們回想頭腦陳舊，文筆古怪，又是不懂原文的林先生，在過去二十年中竟譯出了好好醜醜這百餘種小說，再回頭一看我們趾高氣揚而懶惰的青年，真正慚愧煞人。林先生不懂什麼文學和主義，只是他這種忠於他的工作的精神，終是我們的師，這個我不惜承認，雖然有時也有愛真理過於愛我們的師的時候。」

現在整整的十年過去了，死者真是墓木已拱了，文壇上忽然又紀念起林琴南來，這是頗有意思的事情。我想這可以有兩種說法。其一是節取，說他的介紹外國文學的工作是可貴的，如上邊所說那樣。但這個說法實在乃是指桑罵槐，稱讚老頭子那麼樣用功即是指斥小夥子的懶惰。在十年前的確可以這樣說，近來卻是情形不同了，大家只愁譯了書沒處出版，我就知道有些人藏著二三十萬字的譯稿送不出去，因為書店忙於出教科書了，一面又聽說青年們不要看文藝書了，也不能銷。照此刻情形看來，表彰林琴南的翻譯的功勞，用以激勵後進，實在是可以不必。

其二是全取，便是說他一切都是好的，衛道，衛古文，以至想憑藉武力來剪除思想文藝上的異端。無論是在什麼時代，這種辦法總不見得可以稱讚吧，特別是在智識階級的紳士淑女看去。然而——如何？

我在《人間世》第十四十六這兩期上看見了兩篇講林琴南的文章，都在「今人志」中，都是稱讚不絕口的。十六期的一篇盛稱其古文，講翻譯小說則云「所譯者與原文有出入，而原文實無其精彩。」這與十四期所說，「與原文雖有出入，卻很能傳出原文的精神，」正是同樣的絕妙的妙語。

那一位懂英文的人有點閒空，請就近拿一本歐文的 The Sketch Book 與林譯《拊掌錄》對照一兩篇看，其與原文有出入處怎樣地能傳出原文的精神或比原文怎樣地更有精彩，告訴我們，也好增加點見識。十四期中讚美林琴南的古文好與忠於清室以外，還很推崇他維持中國舊文化的苦心。

這一段話我細細地看了兩遍，終於不很明白。我想即使那些真足以代表中國的舊文化，林琴南所想維持者也決不是這個，他實在只擁護三綱而已，看致蔡鶴卿書可知。《新申報》上的《蠡叟叢談》可惜沒有單行，崇拜林琴南者總非拜讀這名著一遍不可，如拜讀了仍是崇拜，這乃是死心塌地的林派，我們便承認是隔教，不再多話，看見只好作揖而已。

（二十三年十二月）

三　關於讀聖書

前兩天買到藹理斯的幾本新刊書，計論文集初二集，又一冊名「我的告白」（My Confessional 一九三四），內共小文七十一篇，大抵答覆人家的問，談論現時的諸問題。其第四十八篇題云「聖書之再發見」，其中有兩節云：

「現代教育上有許多看了叫人生氣的事情。這樣的一件事特別使我憤怒。這就是那普遍的習慣，將最崇高的人類想像的大作引到教室裡去，叫不識不知的孩兒們去摸弄。不大有人想要把沙士比亞，瑪羅和彌耳敦拉到啟蒙書堆裡去，讓小孩們看了厭惡（還有教師們自己，他們常常同樣地欠缺知識），因為小孩們還不能懂得這裡邊所表現的，所淨化成不朽的美的形色的，各種赤裸的狂喜和苦悶。

「聖書這物事，在確實懂得的人看來，正也是這種神聖的藝術品之一，然而現在卻也就正是這聖書，硬拿去塞在小孩的手裡，而這些小孩們卻還不如在別處能夠更多得精神的滋養，這如不在安徒生的童話裡，也總當在那種博物書裡，如式外尼茲所著的《嬰孩怎麼產生》。

「那些違反了許多教育名師的判斷，強要命令小孩們讀經，好叫他們對於這偉大文學及其所能給的好處終身厭惡的，那些高等官吏在什麼地方可以找著，我可不知道。但是，在那些人被很慈悲地都關到精神病院裡去之先，這世間是不大會再發見那聖書的了。」

讀了這幾節，我覺得最有興趣的是藹理斯的稱揚式外尼茲（Karl de Schweinitz）的那本小書。《嬰孩怎麼產生》（How a Baby is Born）是一本九十五頁的小冊子，本文七章，卻只實占三十四頁，此外有圖十九面，倫敦市教育局前總視學侵明士博士的序一篇。我因了他的這篇序，再去找侵明士（C‧W‧Kimmins）博士的書，結果只買到一種，書名「兒童對於人生的態度」，一九二六年出版，是從小孩所寫的故事論文裡來研究兒童心理的，此外有《兒童的夢》一種可惜絕版了買不到。再說《嬰孩怎麼產生》，看題目也就可以知道這是性教育的書，給兒童講生產與性的故事的。

的確如序文所說，「這嬰孩怎麼產生的故事是組織成一個非常有趣味的敘述，講那些植物，魚，鳥，野生和家養的各種物的生殖情形。這博物學的空氣，兒童很喜歡的，造成一種愉快的背景，能夠除去那種在單獨講述某項生殖事情時所常感到的困難。」然而想翻譯成漢文，卻又實在不容易。

夏斧心先生寫過一本《我們的來歷》，在兒童書局出版，曾給我一冊，即是此書譯本，但可惜沒有插畫，這減少好些原來的價值，又文句亦多少不同，查我所有的是一九三一年本，而夏君書卻是民國十九年出版，或係根據別一未改訂單行本亦未可知。夏君的譯本不知行銷如何？想起英國兒童還不免讀經之厄，中國更何足怪，性教育的書豈能敵得《孝經》乎，雖然二者並不是沒關係的，想起來可發一大噱也。

藹理斯關於讀經的話也很有意味，可供中國的參證，但此亦只以無精神病者為限耳。茲不具論。

（二十三年十二月）

四　關於分娩

從外國書店裡買來一本書，名叫「分娩的故事」（The Story of Childbirth），是芬特萊博士所著，一九三三年出版。

芬特萊是女科產科專門家，這書當然是關於醫學的，可是也可以說是關於歷史的，因為裡邊滿是文化史人類學的資料。只可惜是美國出版，定價要三塊多金洋，雖然有二百二十多幅插畫，印刷紙張都不大好，令人看了不滿意，正如買到哈葛德博士的《子瘸子和瞎子》的時候一樣。但是，十四章的本文卻總能給我們好些知識與智慧。我在第四章裡看見一點關於中國的話，這是在邵武行醫的一位教士卻特博士所說，其中云：

「卻特博士說他曾見過許多嬰孩都患破傷風而死，他推測這是由於用爛泥罨蓋嬰孩的臍帶的習慣。」

我不禁小小的出一驚。因為在兩天前才在定縣聽見友人說過同樣的話，云鄉人以爛泥罨蓋初生兒的肚臍，容易得破傷風，本地人稱之曰四六風，謂不出四日或六日即死也。邵武與定縣地隔四省，相去總有數千里之遙，乃有如此類似的事，這真可見中國之廣大了。

又聽保健院的院長說，定縣村中遇有生產，多由老年婦女幫忙收拾，事後也無報酬，至今沒有職業的產婆，即欲養成亦不容易，因此只能招集這些婦女略加訓練，教以極簡單的消毒方法而已。

我想中國有了四千年的文明，有些地方誠然要比別的民族高一點了，如芬特萊書中插畫所載那種助產方法，用索子絡胳膊下掛產婦於樹下而群揉其腹，或四壯夫執被單之角兜產婦而力簸揚之等等，總是沒有了，但是照上面所說的看來，衣食住醫的發達實在稍欠平均了。

據院長又說，定縣共有二百另幾村，現在統計一切醫生，連巫祝由大小方脈在內，凡自稱治病者都算作醫生，人數也還不夠分配。這更不禁使我驚訝，醫道在鄉村之「不景氣」何至於此極也？聽說上海有名國醫出門有白俄拳師保鏢，北平有名西醫（也是中國人）出診一次二十四元，與鄉下情形相比，這又可見中國之另一種的廣大了。

我們多事的人，吃自家的忙飯，管人家的閒事，有時候想起這種事情來，真覺得前後茫茫，沒有法子，而平教會與保健院的努力卻大可佩服，殊有知其不可為而為之概焉。

哈葛德博士慨歎美國產婦死亡率之高，云義大利日本才千之二，美國則千之六，計數即每年死亡一萬六千人，以為由於助產未周到之故。中國不知當如何？好在沒有人知道。

中國到底有多少丁口，這恐怕須得問海關郵局，至於生死統計有否是一問題，實在與否又是一問題也。或者這些缺點都由於帝國主義乎？

《中學生》雜誌記者曰：西洋人說抽雅片是我們的一大壞處，其實，提到所謂洋煙這毒物，我們還不能不抱恨著最初為要強運雅片來我國而打開我們門戶的英帝國主義者呢。

善哉，其言雖然大有阿Q的精神，但以辯解民族的缺點則再也好不過，我們亦何苦而不利用一下乎。或曰，辜鴻銘今又時髦矣，其言曰，中國文明就在這汙糟裡，此亦可作別一辯解也。

（二十三年十二月）

五　關於捉同性戀愛

近日報載柏林十七日合眾電，云國社黨近來大捉其同性戀愛者，為衝鋒隊所捕者當有數百人。這一件小事給我的假定加上一層證明，所以我看了不禁微笑。

我曾假定歐洲法西斯蒂的會考榜，名次如下：正取二名，一，墨索利尼，二，凱末爾。備取一名，希特拉。備取或者應稱副榜，正如中國的半邊舉人，下次鄉試還得考過。至於定名次的理由很是充足，墨索利尼所以考取第一者，因為他的政治是上了軌道的，這只看報上不大看見他的什麼消息可以證明。凱末爾也差不多，從前還能毅然排除舊禮教，令婦女除去面幕，很可佩服，不過這法西斯蒂是義大利的國產，所以這榜首不能不讓給墨首相了。

希特拉的分數之所以不好，蓋有好幾個原因。字政治似乎老是不安寧，奇聞怪事層出不窮，好像病人不能安眠，時時發作拘攣似的，總非健康平復之象。其第一件是燒性書。以性學之科學的研究為有害於世道人心，一奇也。以為性欲由於書物的外誘而不根於本能的發動，二奇也。以為燒書可以制性欲的氾濫，三奇也。有此三奇，遠可並駕秦之始皇，近亦可齊驅中古之羅馬法王矣。

第二件是驅逐猶太人。據說這是由於要保存純粹日爾曼民族血統。純粹的血統，這恐怕是一個幻想，雖然也自然可以說是理想，正如想望伊甸樂園生活的理想。猶太人在歐洲或者有討人厭的地方吧，我們不能知道，如要驅逐他們而以純粹民族的口實，還不失為一種霸術，現在若以此為政綱，此不但蹈襲威廉二世張百倫輩的傳統，亦是宗教的夢想家言也。

第三件是衝鋒隊清黨。此中詳情非我們外人所知，但有內亂總不是一國一黨安定之兆，只看義大利土耳其之不鬧問題，便可知國社黨的有毛病了。

第四件就是這捉拿同性戀愛。說到這裡不免要學唱經堂的批才子書，先叫一聲好，且說世事紛拿，卻有章法，恰如一篇妙文。德國學問甲天下，性學也以「侯施斐爾」教授為山門，後來忽然一陣狂風驟雨把這學術機關毀掉，書籍燒掉，再向別方面鬧過一通之後，回過來捉拿同性戀愛，此真是文章上所謂草蛇灰線法也。

夫同性戀愛為何物，性學中言之最詳，總之此是屬於醫生的範圍，而非軍警之事。昔者瘋人發狂，愚民以為有神附體，譫語則神示意，殺人放火則神示罰也，敬畏禮拜之。中古教士乃以為有鬼附體，鞭打禁錮之，不用柴火燒出魔鬼以救其靈魂者亦幸耳。到了現代才知道是神經病，把他當作病人而治療之。

此三階段很有意義，今之捕同性戀愛蓋是中古的一段，但不知中古對於此種花煞附體的犯人如何處置，現在又如何發落，惜電文簡略無從知悉耳。歐戰以後德國大約被逼得很厲害，有點兒逼瘋了的樣子，第一須得放寬一點，或者可以舒緩過來，發作自然減少，雖然新聞資料也少了，但是旁人看了也覺得心安。不過中國又何嘗有批評德國的資格，我們說這些閒話豈非不自量乎。

（二十三年十二月）

六　關於「王顧左右」

聽說鄭西諦先生在北大講演，預言今後中國文壇的傾向，其二是流入頹廢，寫「王顧左右」之文字。我聽了覺得很有趣，卻也很有點兒不懂，所以不免來討論一番。

第一我不明白這頹廢是什麼意思。據朋友們說，文學上的什麼頹廢派是起於法蘭西，時在一八八五年，而被稱為該派的首領乃是詩人瑪拉美（Mallarme）。整整五十年之後，中國也有這派運動發生之可能麼？假如說是的，那麼中國的瑪拉美所寫的王顧左右又是什麼呢。

這就渡到第二個問題上來了。「王顧左右」，這很有趣的，可是實在不大好懂。查原語是王顧左右而言他七個字，照字面講去可以有三種不同的說法。

甲，老王看看左派，又看看右派，把他們大談而特談。這是很積極的，當然不能說是不好吧？

乙，老王顧慮左派，又顧慮右派，就去談別的不相干的事。此雖消極，亦只是苟全性命於亂世的一派，既異於西洋的狄卡耽，與中國的醇酒婦人亦仍不相近也。

丙，梁惠王覺得孟子的話不中聽，回過頭去看別的地方把話岔開了。這是正解，但是在這裡似乎不適用，因為這種態度的文章我不曉得是怎麼寫法，除非這真是我所提倡的文不對題的文章。即使如此也非頹廢，蓋瑪拉美不如是，信陵君亦不如是耳。

我想這裡頹廢一語當有誤，非出記者即由手民，殆非原本，至於王顧左右的意思，本義固非，甲乙二義望文生訓，恐亦非也。推測鄭先生之意或者是譬喻諷刺的寫法吧？這在言論沒有自由的時代是很普通的，帝俄時代作家西乞特林（Saltykov-Schedrin）所謂奴隸的言語者即是。前清末年，我買到英文各國幽默叢書中俄國的一冊，斯諦普虐克（Stepniak）序文中曾說起過，但是所收西乞特林有名的寓言卻只兔子與鷹這兩篇，當時甚以為憾。

一九三一年英國鳳皇叢書中始有單行本出現，原本二十八篇，現在只譯出二十有二，卻已是稀有可貴了。在金磅頂貴的時候我買得了一冊，先看譯者說明當時社會背景的序文，後看著者的文章，真是毛髮皆豎，冷汗出於額角，覺得他正是在罵咱們也。

我最怕他那一篇《理想家的鯽魚》，——鯽魚先生天天在說光明就會到來，說只要魚類聯合起來，結果是被梭魚喝酒似的喝下肚去。這與愛羅先珂的土撥鼠很是不同了，因為愛羅先珂自己是理想家，土撥鼠就是他自己。西乞特林是悲觀的，但他的悲觀與愛羅先珂的樂觀都很誠實的，這是他們國民的一種長處。中國似乎該出西乞特林了吧？鄭先生的預言似乎該是：

「二，流入悲觀，寫譬喻諷刺之文字，如西乞特林所提倡者。」但是，這預言會中麼？應該與可能完全是兩件事。據我想，中國將來的文學恐怕還是那一套端午道士送符的把戲吧？應時應節的畫些驅邪降福的符咒，檀家看了也高興，道士也可得點錢米，這是最好不過的生意經。不過我這裡說的也是不負責任的預言，將來這種生意發達不發達，道士有沒有，都要看將來才知道也。

（二十四年一月）

七　藹理斯的時代

上海刊物上有一篇論文，中間提到英國藹理斯，作者斷語云：「藹理斯底時代已經過去了。」我看了不禁失笑，因為我不曾知道藹理斯有這麼一個他的時代。夫既未曾有，何從過去，今作者斷言其已經過去，是即證明其昔日曾有矣，是誠不佞孤陋寡聞之所得未曾聞者矣。

藹理斯著作弘富，寒齋所有才只二十六冊，又未嘗精讀專攻，關於他的思想實在懂得很少很淺。但是我知道他是學醫的，他的專門學問是性的心理研究即所謂性學，他也寫過關於夢，遺傳，犯罪學的書，又寫些文化及文藝上的批評文章，他的依據卻總是科學的，以生物學人類學性學為基礎，並非出發於何種主義與理論。所以藹理斯活到現在七十六歲，未曾立下什麼主義，造成一派信徒，建立他的時代，他在現代文化上的存在完全寄託在他的性心理的研究以及由此瞭解人生的態度上面。

現代世界雖曰文明，在這點上卻還不大夠得上說是藹理斯的時代，雖然蘇俄多少想學他，而字德國則正努力想和他絕緣，可憐中華民國更不必說了，他的文章大約除《左拉論》外還沒有多少翻譯過來，即使藹理斯真有時代，與中國亦正是風馬牛也，豈不哀哉。

藹理斯的思想我所最喜歡的是寫在《性的心理研究》第六卷跋文裡的末尾兩節：

「有些人將以我的意見為太保守，有些人以為人偏激。世上總常有人很熱心的想攀住過去，也常有人熱心的想攫得他們所想像的未來。但是明智的人站在二者之間，能同情於他們，卻知道我們是永遠在於過渡時代。在無論何時，現在只是一個交點，為過去與未來相遇之處，我們對於二者都不能有什麼架打。

「不能有世界而無傳統，亦不能有生命而無活動。正如赫拉克來多思在現代哲學的初期所說，我們不能在同一川流中入浴二次，雖然如我們在今日所知，川流仍是不斷的回流。沒有一刻無新的晨光在地上，也沒有一刻不見日沒。最好是閒靜地招呼那熹微的晨光，不必忙亂地奔向前去，也不要對於落日忘記感謝那曾為晨光之垂死的光明。

「在道德的世界上我們自己是那光明使者，那宇宙的順程即實現在我們身上。在一個短時間內，如我們願意，我們可以用了光明去照我們路程的周圍的黑暗，正如古代火炬競走——這在路克勒丟思看來似是一切生活的象徵——裡一樣，我們手裡持炬，沿著道路奔向前去。不久就要有人從後面來，追上我們。我們所有的技巧，便在怎樣的將那光明固定的炬火遞在他的手內，我們自己就隱沒到黑暗裡去。」

這些話在熱心的朋友們看去或者要覺得太冷靜了也未可知，雖然他原是說得很切實的。現在所有的是教徒般的熱誠，天天看著日出於東而沒於西，卻總期望明天是北極的一個長晝，不，便是那麼把太陽當作水月燈掛在頭上的無窮盡的白天。大家都喜歡談「前夜」，正如基督降誕節的夜似的，或者又以古雅語稱之曰子夜。這是一個很神秘的夜，但是這在少信的人也是不容易領解的。藹理斯只看見夜變成晨光，晨光變成夜，世事長此轉變，不是輪迴，卻也不見得就是天國近了，不過他還是要跑他的路，到末了將火把交給接替他的人，歸於虛無而無怨尤。

這樣，他與那有信仰的明明是隔教的，其將挨罵也是活該，正如一切隔教者之挨罵一樣，但如稱之為時代已經過去則甚不巧妙耳。何也，以彼本未曾有什麼時代也。如要勉強說有，則當在兩性關係趨向解放之地，惜我多年不讀俄文，不能知其究竟也。

藹理斯是性的心理研究專家，他的時代未知何在，而批評家斷言其已經過去，此真大妙也。細思之，此事實亦不奇，蓋只是滑口說出耳。譬如女子服飾，遠仿巴黎，近模上海，花樣一變，便是過時，思想文藝亦然，大家競競於適時與否，萬一時代已過，難免落伍，乃大糟糕矣。而判定什麼的時代已否過去亦即為批評家之大權，平日常言某也過去，或某也將過去已成慣習，故不禁隨口脫出，不問其有無時代而均斷定其過去矣。

其實此種問題最好還是闕疑，如達爾文之進化論，摩耳干之社會學等，在現今學術界是否已有若干修正，其時代是否過去，皆須仔細考察，未可一口斷定，人非聖賢豈能全知，有所不知亦正是凡人之常，不足為愧也。

（二十四年一月）

八　阿Q的舊帳

陰曆年關來到了，商界都要結帳，中國文學界上也有一筆帳該得清算一下子，這便是那阿Q欠下來的糊塗老帳。

《阿Q正傳》最初發表是在《晨報副鐫》上，每星期日登一次。那時編者孫伏園的意思，星期日的一張要特別「輕鬆」一點，蒲伯英每次總做文章，《阿Q正傳》當時署名「巴人」，所以曾有些人疑心也是蒲君所寫。這已是十多年前的事情了，好些年青的朋友大約不記得了吧。

不久有左翼作家新興起來了，對於阿Q開始攻擊，以為這是嘲笑中國農民的，把《正傳》作者罵得個「該死十三元」。我想這是對的，因為《正傳》嘲笑阿Q及其子孫是確實無疑，雖然所云阿Q死了沒有，其時代過去了沒有，這些問題我無從代為決定，本來我也是毫不知道的。

不久聽說《阿Q正傳》的作家也轉變了。阿Q究竟死了沒有呢，新興的批評家們還未能決斷定，而作者轉變了，阿Q的死生事小，所以就此擱起了。不久《阿Q正傳》等都被承認為新興正統的文學了，有廣告上說《正傳》是中國普羅文學的代表作，阿Q是中國普羅階級的代表，於是阿Q既然得到哀榮，似乎文壇上的阿Q問題也就可以結束了。

然而不然。對人是沒有問題了，而對事的問題仍然存在，即《阿Q正傳》究竟是否嘲笑農民，阿Q究竟是否已死，這些問題仍未解決，這都是新興批評家們的責任，任何人都應負責來清算一下。

假如《阿Q正傳》本來並不是反動的，不是嘲笑農民的，那麼當初那些批評家們群起攻擊，何其太沒有眼睛？當初既然沒有眼睛，何以在作者轉變後眼睛忽然亮了，知道《正傳》又是好的了？假如《正傳》確是反動的，攻擊正是應該，何以在作者轉變後就不攻擊，而且還恭維？

這阿Q一案的結論不外兩種，一是新興批評家之無眼識，一是新興批評家之不誠實。看錯，無眼識也。歪曲，不誠實也。本來不反動的作品，在轉變前也要說它不對，本來是反動的，在轉變後就要說它也對，都是不誠實。無眼識不過瞎說，說的不可信任，不誠實則是有作用，近於欺騙了。唯物史觀的文學批評本亦自成一家，在中國也不妨談談，但是我希望大家先把上面所說的這筆爛汙帳算清了再說，不然正如商界普通的規矩，前帳未清，免開尊口。

鄙人孤陋寡聞，對於世界上這派新批評未能詳知，唯日本的譯著亦略見一二，覺得足供參考，其所說自有固執處，但如阿Q事件這種無誠意態度蓋未曾有也。上文所說故以中國為限，且只就事論事，與理論別無關係。

（二十四年二月）

九　關於耆老行乞

二月二日《大公報》載漢口一日下午十時發專電云：

「鄂耆老會第一老人一百〇一歲老翁朱輔臣因受旱災淪為乞丐，教界聞人呈請當局公養。」我看了大有所感。這個感想可以分做兩點來說。

其一，我對於乞食這事很有興味。乞食在佛教徒是正當的生活。《翻譯名義集》六二《齋法四食篇》引肇法師云，「乞食有四意，一為福利群生，二為折伏驕慢，三為知身有苦，四為除去滯著。」這說得很有意思，就是陶淵明詩所云，「饑來驅我去，不知竟何之，行行至斯里，扣門拙言辭，」亦未嘗不佳。

一切生物的求食法不外殺，搶，偷三者，到了兩條腿的人才能夠拿出東西來給別的吃，所以乞食在人類社會上實在是指示出一種空前的榮譽。只可惜乞食的主人不能都像陶公的朋友那樣的諧人意，「談諧終日夕，觴至輒傾杯，」結果嗟來之食還要算是好的，普通大抵是蹴爾而與之了。（其單有蹴而無所與者自然也不是例外。）

事到如此，人類之光榮的乞食就有點不大好實行，覺得這是一件掃興的事，今天看見那個專電，心中大喜，乞食之外居然還有公養的辦法，這尤其是光榮之至了。

我說這話並無私心作用，因為我不是耆老，沒有援例的資格，況且耆老而又要有一百零一歲，鄙人近十年來已大老朽，卻還只夠到一半，瞻望前途遠哉遙遙，要想到了民國七十五年北平公民呈請當局公養，還須得辛辛苦苦地再活過五十年，這實是「苦矣」了。

其二，公養一百零一歲的耆老原是盛事，我卻很有點憂慮，怕《孝經》失了效用。聽說，廣東早已厲行敬讀《孝經》了。照一切新運動進行的成規，其次該是湖南，再其次即是該耆老所在地的湖北了。孝為百善先，古來帝王無不稱以孝治天下者，那麼一百零一歲的耆老應當由耆老的兒子奉養，這是根據經義確無疑義的。

現在他的兒子在專電中不曾提及，大略已不在了，這想起來也是難怪的，因為如照吾國早婚法推算，其子該有八十六歲，就是承重孫也已七十上下了罷。再算下去，至少可以有六七世同堂了，此不但熙朝人瑞，而且各親其親，各長其長，即一門中有五六部《孝經》矣，豈不懿歟。但是鄂耗傳來，社會得了尊老的機會，而家庭失了孝親的職分矣。或曰，是旱災之罪也，夫一百一歲，可謂人和矣，然而不能不屈服於天之旱地之幹，然則是仍人和不如地利，地利不如天時也。

（二十四年）

十　關於寫文章

去年除夕在某處茶話，有一位朋友責備我近來寫文章不積極，無益於社會。我誠實的自白，從來我寫的文章就都寫不好，到了現在也還不行，這毛病便在於太積極。

我們到底是一介中國人，對於本國種種事情未免關心，這原不是壞事，但是沒有實力，奈何不得社會一分毫，結果只好學聖人去寫文章出口鳥氣。雖然孟子輿說，孔子作《春秋》而亂臣賊子懼，又蔣觀雲詠盧梭云，文字成功日，全球革命潮，事實卻並不然。文字在民俗上有極大神秘的威力，實際卻無一點教訓的效力，無論大家怎樣希望文章去治國平天下，歸根結蒂還是一種自慰。

這在我看去正如神滅論的自明，無論大家怎樣盼望身滅神存，以至肉身飛升。但是怕寂寞的歷代都有，這也本是人情吧？眼看文章不能改變社會，於是門類分別出來了，那一種不積極而無益於社會者都是「小擺設」，其有用的呢，沒有名字不好叫，我想或者稱作「祭器」罷。祭器放在祭壇上，在與祭者看去實在是頗莊嚴的，不過其祝或詛的功效是別一問題外，祭器這東西到底還是一種擺設，只是大一點罷了。

這其實也還不儘然，花瓶不是也有頗大的麼？而且我們又怎能斷言瓶花原來不是供養精靈的呢？吾鄉稱香爐燭臺為三事，兩旁各加一瓶則稱五事，鐘鼎尊彝莫非祭器，而今不但見於閒人的案頭，亦列於古董店的架上矣。只有人看它作有用無用而生分別，器則一也，反正擺設而已。

我寫文章的毛病，直到近來還是這樣，便是病在積極。我不想寫祭器文學，因為不相信文章是有用的，但是總有憤慨，做文章說話知道不是畫符念咒，會有一個霹靂打死妖怪的結果，不過說說也好，聊以出口悶氣。這是毛病，這樣寫是無論如何寫不好的。我自己知道，我所寫的最不行的是那些打架的文章，就是單對事的也多不行，至於對人的更是要不得，雖然大抵都沒有存留在集子裡，而且寫的也還不很多。

我覺得與人家打架的時候，不管是動手動口或是動筆，都容易現出自己的醜態來，如不是卑怯下劣，至少有一副野蠻神氣。動物中間恐怕只有老虎獅子，在他的兇狠中可以有美，不過這也是說所要被咬的不是我們自己。

中國古來文人對於女人可以說是很有研究的了，他們形容描寫她們種種的狀態，卻並不說她怒時的美，就是有也還是薄慍嬌嗔，若是盛怒之下那大約非狄希陳輩不能賞識吧。女人尚爾，何況男子。然而說也奇怪，世人卻似乎喜看那些打架的文章，正如喜看路旁兩個人真的打架一樣。互相咒罵，互相揭發，這是很好看的事，如一人獨罵，有似醉漢發酒風，便少精彩，雖然也不失為熱鬧，有圍而看之之價值。

某國有一部滑稽小說，第三編下描寫兩個朋友鬧彆扭，互罵不休，可以作為標本：

甲，帶了我去鑲邊，虧你說得出！你付了那二百文的嫖錢，可是在馬市叫了涼拌蛤蜊豆腐滓湯喝的酒錢都是我給你付的。

乙，說你的誑！

甲，說什麼誑！那時你吃刀魚骨頭鯁住咽喉，不是吞了五六碗白飯的麼？

乙，胡說八道。你在水田胡同喝甜酒，燙壞了嘴，倒不說了。

甲，嘿，倒不如你在那堤上說好個護書掉在這裡，一手抓了狗矢麼？真活出醜。

我舉這個例雖然頗好玩，實際上不很妥貼。因為現在做文章相罵的都未必像彌次北八兩人那樣熟識，罵的材料不能那樣多而且好，其次則文人總是文雅的，無論為了政治或商業的目的去罵人，說的不十分痛快，只讓有關係的有時單是被罵的看了知道。

我嘗說，現今許多打架的文章好有一比，這正如貪官污吏暮夜納賄，癡男怨女草野偷情。為什麼呢？因為這只有爾知我知，至於天知地知在現代文明世界很是疑問了。既然是這樣，那就何妨寫了直接寄給對方，豈不省事。可是話又得說回來，衛道衛文或為別的而相罵是一件事，看官們要看又是一件事，因為有人要看，也就何妨印出來給他們看看呢。如為滿足讀者計，則此類文章大約是頂合式吧。

我想寫好文章第一須得不積極。不管他們衛道衛文的事，只看看天，想想人的命運，再來亂談，或者可以好一點，寫得出一兩篇比較可以給人看的文章，目下卻還未能，我的努力也只好看賴債的樣以明天為期耳。

（二十四年三月）

十一　關於寫文章(一)

寫文章的時候，文章寫不好是一件苦事，覺得寫出來的文章無用又是別一種無聊。話得說明白，我以為我們所寫的文章可以分作兩類，性質不大相同，第一類大抵可以說是以文章為主，第二類是以對象為主。

第一類的文章固然也要有思想有感情，也還是以人生與自然為題材，不過這多是永久的煩惱或愉樂，號哭笑歌可以表示而不能增減其分毫，所以只要文章寫得好，表現得滿足，那就行了。第二類的對於什麼一件事物發表意見，其目的並不以表現自己為限，卻是想多少引起某一部分人的注意，多少對於那一件事物會發生點影響，這就是說文章要有一點效力或用處。

無論主張文學有用或無用的人，老實說這兩類的文章大約都是寫的，不過寫的多少有點不同罷了。我是不相信文章有用的，所以在原則上如寫文章第一要把文章寫的可以看得，此外的事情都是其次，但是這種文章實在不容易寫，我輩尚須努力。多年的習慣覺得那第二類的文章容易寫，而且對於社會國家的事也的確不能全然忘懷，明知無用而寫之，然而愈寫也愈少了。為什麼呢？因此乃無聊事也。

關於社會上某一件事寫了一篇文章，以文章論是不會寫得好的，以效力言是本來沒有期待的，那麼剩下的寫文章的興趣還有什麼呢？或者說，也就給人們看看吧，——所謂人們總得數目稍多一點，若還是幾個熟人，那倒不如寄原稿去傳觀一下子了。《論語》，《衛靈公》十五云：

「子曰，可與言而不與之言，失人。不可與言而與之言，失言。知者不失人，亦不失言。」我們不是知者，要兩不失是很難的，只希望能避免一失也就好了。究竟怎麼辨好呢。從前我大約是失言居多，近來想想卻覺得還是失人要好些。除自然科學外恐怕世上再也沒有一定的道理罷，不但宗教道德哲學政治，便是藝術文學也是如此，所以兩人隨時有隔教之可能，要說得投機是不大容易遇見的事情。

人非聖賢豈能先知，還只得照常說話，只要看一言兩語談得不對，便即打住，不至失言，亦免打架，斯為善耳。有些朋友不贊成不打架，這也不妨各行其是。蓋打架亦一人生之消遣法也。消遣可以成癖即俗云上癮，如嗜痂之癖恐至死不能改，誠屬無法，苟不至是則消遣之法亦須稍選擇，取其佳良者，至少亦不可太難看。如釣魚以至泅水取蚌蛤以消遣均不難看，而匍匐泥塘中則欠佳矣，又飲酒或喝豆汁皆不妨，而喝小便即美其名曰回龍湯，亦將為人所笑矣。

打架可給觀者以好玩之感，正如看兩狗相咬，若打架者自身的形相乃未必好看，故除有重大宿癮外，若單為消遣之打架則往往反露出醜態，為人家消遣之資，不可不注意也。雖然，文章至此亦遂有了用處，大值得寫了，且寫到對自身如此不客氣，雖曰消遣實已十分嚴肅深刻，甚可佩服矣。此一說也，不過我們無此熱心與決意者便不能做到，結果遂常覺得不滿，不是感覺無聊便苦於文章之寫不好，只好閣筆而歎罷了。

（二十四年三月）

十二　岳飛與秦檜

報載十三日南京通訊，最近南京市政府呈請教育部通令查禁呂思勉著《自修適用白話本國史》，因其第三編近古史下，持論大反常理，詆岳飛而推崇秦檜也。如第一章南宋和金朝的和戰中有云：

「大將如宗澤及韓岳張劉等都是招群盜而用之，既未訓練，又無紀律，全靠不住。而中央政府既無權力，諸將就自然驕橫起來，其結果反弄成將驕卒惰的樣子。」

又云：「我說，秦檜一定要跑回來，正是他愛國之處，始終堅持和議，是他有識力肯負責任之處，云云。」

以上所說與群眾的定論比較的確有點「矯奇立異」，有人聽了要不喜歡，原是當然的。鄙人也不免覺得他筆鋒稍帶情感，在字句上不無可以商酌之處，至於意思卻並不全錯，至少也多有根據，有前人說過。

關於秦檜殺岳飛的事，俞正燮在《癸巳存稿》卷八有一篇《岳武穆獄論》，我覺得說的很好。接著一篇論《岳武穆軍律》的小文，有云：

「《楊再興傳》有云，紹興二年岳飛入莫邪關，第五將韓順夫解鞍脫甲，以所虜婦人佐酒，再興率眾入其營，殺順夫，又殺飛弟翻。然則岳武穆軍律之嚴整，在紹興二年以後，初蓋以運用一心而不喜言兵法，不可以事證不同致疑古名臣也。」

俞氏的話說得很幽默，真真妙絕，但一方面我們可以抄別人的幾句話來，補足正面。此人非他，乃是鼎鼎大名的朱子也，在《語類》卷百三十二云：

「建炎間勤王之師所過恣行擄掠，公私苦之。」

卷百三十三又云：

「唐鄧汝三州皆官軍取之，駸駸到南京，而諸將擄掠婦女之類不可言。」

又卷百三十一云：

「僩問，高宗若不肯和，必成功。曰，也未知如何，將驕惰不堪用。僩問，張韓劉岳之徒富貴已極，如何責他死，宜其不可用，若論才則岳飛為勝，他猶欲向前。先生曰，便是如此，有才者又有毛病，然亦上面不能駕馭。」

又有一節云：「秦檜見虜人有厭兵意，歸來主和，其初亦是。使其和中自治有策，後當逆亮之亂，一掃而復中原，一大機會也。惜哉。」

可見在朱子當時，大家對於岳飛秦檜也就是這樣意見，我們如舉朱子來作代表，似乎沒有什麼毛病吧。至於現今崇拜岳飛唾罵秦檜的風氣，我想還是受了《精忠岳傳》的影響，正與民間對於桃園三義的關公與水泊英雄的武二哥之尊敬有點情形相同。我們如根據現在的感情要去禁止呂思勉的書，對於與他同樣的意見如上邊所列朱子的語錄也非先加以檢討不可。

還有一層，和與戰是對立的，假如主和的秦檜是壞人，那麼主戰的韓侂冑必該是好人了，而世上罵秦檜也罵韓侂冑，這是非曲直又怎麼講？趙翼《二十二史箚記》卷三十五云：

「書生徒講文理，不揣時勢，未有不誤人國家者。宋之南渡，秦檜主和議，以成偏安之局，當時議者無不以反顏事仇為檜罪，而後之力主恢復者，張德遠一出而輒敗，韓侂冑再出而又敗，卒之仍以和議保疆。」這所說的我覺得頗平實，不知論岳飛秦檜者以為何如。

（二十四年三月）

十三　關於講道理

不佞少時常聽人家說長毛時事。時在光緒甲午以前，距太平天國才三十年，家中雇人多有身歷其難者，如吳媽媽遇長毛訴饑餓，擲一物予之，則守門老翁的頭顱也，老木匠自述在大王面前舞大刀的故事，而賣鹽的則在臉上留有「金印」的痕跡。

長毛的事當然以殺人為多，但是說的人卻也不能怎麼具體的說得清楚，大抵只是覺得很可怕而已。後來看《明季稗史彙編》《寄園寄所寄》等書，知道了好些張獻忠和清兵殺人的情形，不過在《曲洧舊聞》裡見到因數巷的故事的時候，也就對於闖王滿兵不大奇怪了，原來仁慈的宋兵下江南時也是那麼樣的。這裡牢騷本來大有可發，現在且不談，總之我覺得長毛殺人是很普通的事，這筆賬要算也要歸到中國人的總帳上去，不必單標在洪記戶下罷。

長毛時遭難人的記錄我找不到幾種。其一是江寧李小池的《思痛記》二卷，查舊日記戊戌十一月十三日至試院前購此書，價洋一角。

其二是會稽魯叔容的《虎口日記》一卷，民國二十二年元日午後遊廠甸，於攤上買得，二十年前讀陳晝卿的《補勤詩存》即知有此記，又在孫子九的《退宜堂詩集》中稱為「濺淚日記」者是也。

李小池名圭，後任外交官曾往西洋，有遊記及《鴉片事略》等書，《思痛記》刊於光緒庚辰，卻不常見。小池於咸豐庚申被擄，陷長毛中凡三十二月，叔容則於咸豐辛酉冬在紹興郡城，伏處屋脊凡八十日始得脫，二人所記各據其耳聞目睹，甚可憑信，可驚可駭之事多矣，今不具引，但有小事一二可以窺知洪門文化之一斑者，頗有抄引的價值。

《思痛記》卷上紀閏三月十五日事云：

「李賊出坐殿中椅上，語一約二十餘髮已如辮長面白身矮瘦賊曰，掌書大人，要備表文敬天父。賊隨去，少頃握黃紙一通置桌上，又一賊傳人曰，俱來拜上帝。隨見長髮賊大小十三四人至，分兩邊挨次立，李賊立正中面向外，復謂一賊曰，可令新傢夥們立廊前觀聽。餘眾至，則李賊首倡，群賊和之，似係四字一句，不了了，約二十餘句，倡畢，所謂掌書大人者趨至桌前，北向，捧黃紙，不知喃喃作何語，讀罷就火焚之。聞七日一禮拜，屆期必若是，是即賊剿襲西洋天主教以惑眾者也。」

胡光國著《愚園詩話》卷一載周葆濂所作《哀江南曲》，有一節云：

「可記得，逢七日，奏章燒。甚讚美，與天條，下凡天父遺新詔。一椿椿胡鬧，都是這小兒曹。」即指是事。

後又錄馬壽齡的新樂府一首，題曰「講道理」：

「鑼鼓四聲揮令旗，聽講道理雞鳴時。桌有圍，椅有披。五更鵠立拱候之。日午一騎紅袍馳，戈矛簇擁簫管吹，從容下馬嚴威儀，升座良久方致辭。我輩金田起義始，談何容易來至斯，寒暑酷烈，山川險，千辛萬苦成帝基，爾輩生逢太平日，舉足便上天堂梯，夫死自有夫，妻死自有妻，無怨無惡無悲啼，妖魔掃盡享天福，自有天父天兄為提攜。聽者已倦講未已，男子命退又女子，女子癡憨笑相語，不講順理講倒理。」

此輩清朝人對於太平天國多所指斥，本屬當然，此乃是「妖」之立場也，唯所說情形恐非盡假，我們因此可知當時有神父說教式的所謂講道理，民間又幽默地稱之曰講倒理。

《虎口日記》中不曾說及，唯十月二十日條下有紀事云：

「晚過朝東廟，塑像盡僕，聞孔廟亦毀，賊教祀天主，不立廟。憶友人嘗言，賊所撰曰聖書，稱孔子為不通秀才，《論語》一書無可取者，唯四海之內兄弟句頗合天父之意，得封監軍，旋升總制。當時以為笑談，今信然矣。」

查二十八日條下云，賊已派兩邑庫吏潘光瀾朱克正為監軍，然則孔子在太平天國的地位也不過與庫書相上下耳，可發一笑。

其實太平天國不尊崇孔子正是當然，蓋原係隔教故也，其可笑處乃在妄談文化，品題聖賢，雖然，此亦不足深責，天王貶孔子封為監軍，歷代帝王尊孔子封為文宣王，豈不同一可笑耶。

（二十四年三月）

十四 關於掃墓

清明將到了，各處人民都將舉行掃墓的儀式。中國社會向來是家族本位的，因此又自然是精靈崇拜的，對於墓祭這件事便十分看得重要。明末張岱著《夢憶》卷一有越俗掃墓一則云：

「越俗掃墓，男女炫服靚妝，畫船簫鼓，如杭州人遊湖，厚人薄鬼，率以為常。二十年前，中人之家尚用平水屋幘船，男女分兩截坐，不座船，不鼓吹，先輩謔之曰，以結上文兩節之意。後漸華靡，雖監門小戶男女必用兩座船，必巾，必鼓吹，必歡呼暢飲，下午必就其路之所近遊庵堂寺院及士大夫家花園，鼓吹近城必吹海東青獨行千里，鑼鼓錯雜，酒徒沾醉必岸幘囂嚎，唱無字曲，或舟中攘臂與儕列廝打。自三月朔至夏至，填城溢國，日日如之。乙酉方兵，畫江而守，雖魚舲菱舠收拾略盡，墳壟數十里而遙，子孫數人挑魚肉楮錢徒步往返之，婦女不得出城者三歲矣。蕭索淒涼，亦物極必反之一。」

清嘉慶時顧祿著《清嘉錄》十二卷，其三月之卷中有紀上墳者云：

「士庶並出祭祖先墳墓，謂之上墳，間有婿拜外父母墓者。以清明前一日至立夏日止，道遠則泛舟具饌以往，近則提壺擔盒而出。挑新土，燒楮錢，祭山神，奠墳鄰，皆向來之舊俗也。凡新娶婦必挈以同行，謂之上花墳。新葬者又皆在社前祭掃，諺云，新墳不過社。」

蘇浙風俗本多相同，所以二書所說幾乎一致，但是在同一地方卻也不是全無差異，蓋鄉風之下又有不同的家風，如故鄉東陶坊中西鄰棟姓，上墳儀注極為繁重，自洗臉獻茶煙以至三獻，費半天的工夫，而東邊橋頭考姓又極簡單，據說只一人坐腳槳船至墳前焚香楮而回，自己則從袖中出「洞裡火燒」數個當飯吃而已。

明劉侗著《帝京景物略》卷二春場中云：

「三月清明日男女掃墓，擔提尊榼，轎馬後掛楮錠，粲粲然滿道也。拜者，酹者，哭者，為墓除草添土者，焚楮錠次，以紙錢置墳頭，望中無紙錢則孤墳矣。哭罷，不歸也，趨芳樹，擇園圃，列坐盡醉，有歌者。哭笑無端，哀往而樂回也。」

清富察敦崇著《燕京歲時記》云：

「清明即寒食，又曰禁煙節，古人最重之，今人不為節，但兒童戴柳，祭掃墳塋而已。世族之祭掃者，於祭品之外以五色紙錢製成幡蓋，陳於墓左，祭畢子孫親執於墓門之外而焚之，謂之佛多，民間無用者。」

以上兩則都是說北京的事，可是與蘇浙相比又覺得相去不遠，所不同者只是沒有畫船簫鼓罷了。

上墳的風俗固然含有倫理的意義，有人很是贊成，就是當作詩畫的材料也是頗好的，不過這似乎有點不能長保，是很可惜的事。

蓋掃墓非土著不可，如《景物略》記清明云，「是日簪柳，遊高梁橋，曰踏青，多四方客未歸者，祭掃日感念出遊。」客只能踏青而已，何益於事哉。而近來人民以職業等等關係去其家鄉者日益眾多，歸里掃墓之事很不容易了，欲四方客未歸者上墳是猶勸饑民食肉糜也。

至於民族掃墓之說，於今二年，鄙人則不大贊同，此事不很好說，但老友張溥泉君久在西北，當能知鄙意耳。

（二十四年三月）

十五　關於英雄崇拜

英雄崇拜在少年時代是必然的一種現象，於精神作興上或者也頗有效力的。我們回想起來都有過這一個時期，或者直到後來還是如此，心目中總有些覺得可以佩服的古人，不過各人所崇拜的對象不同，就是在一個人也會因年齡思想的變化而崇拜的對象隨以更動。如少年時崇拜常山趙子龍或紹興黃天霸，中年時可以崇拜湘鄉曾文正公，晚年就歸依了蒙古八思巴，這是很可笑的一例，不過在中國智識階級中也不是絕對沒有的事。

近來有識者提倡民族英雄崇拜，以統一思想與感情，那也是很好的，只可惜這很不容易，我說不容易，並不是說怕人家不服從，所慮的是難於去挑選出這麼一個古人來。關，岳，我覺得不夠，這兩位的名譽我懷疑都是從說書唱戲上得來的，威勢雖大，實際上的真價值不能相副。關老爺只是江湖好漢的義氣，欽差大臣的威靈，加上讀《春秋》的傳說與一本「覺世真經」，造成那種信仰，羅貫中要負一部分的責任。岳爺爺是從《精忠岳傳》裡出來的，在南宋時看朱子等的口氣並不怎麼尊重他，大約也只和曲端差不多看待罷了。

說到冤屈，曲端也何嘗不是一樣地冤，詩人曾歎息「軍中空卓曲端旗」，千載之下同為扼腕，不過他既不會寫《滿江紅》那樣的詞，又沒有人做演義，所以只好沒落了。南宋之恢復無望殆係事實，王侃在《衡言》卷一曾云：

「胡銓小朝廷之疏置若罔聞，岳鄂王死絕不問及，似高宗全無人心，及見其與張魏公手敕，始知當日之勢岌乎不能不和，戰則不但不能抵黃龍府，並偏安之局亦不可得。」

中國往往大家都知道非和不可，等到和了，大家從避難回來，卻熱烈地崇拜主戰者，稱岳飛而痛罵秦檜，稱翁同龢劉永福而痛罵李鴻章，皆是也。

武人之外有崇拜文人的，如文天祥史可法。這個我很不贊成。文天祥等人的唯一好處是有氣節，國亡了肯死。這是一件很可佩服的事，我們對於他應當表示欽敬，但是這個我們不必去學他，也不能算是我們的模範。

第一，要學他必須國先亡了，否則怎麼死得像呢？我們要有氣節，須得平時使用才好，若是必以亡國時為期，那未免犧牲得太大了。

第二，這種死於國家社會別無益處。我們的目的在於保存國家，不做這個工作而等候國亡了去死，就是死了許多文天祥也何補於事呢。

我不希望中國再出文天祥，自然這並不是說還是出張弘範或吳三桂好，乃是希望中國另外出些人才，是積極的，成功的，而不是消極的，失敗的，以一死了事的英雄。顏習齋曾云：

「吾讀《甲申殉難錄》，至愧無半策匡時難惟余一死報君恩，未嘗不泣下也，至覽和靖祭伊川不背其師有之有益於世則未二語，又不覺廢卷浩歎，為生民愴惶久之。」徒有氣節而無事功，有時亦足以誤國殃民，不可不知也。

但是事功與道德具備的英雄從那裡去找呢？我實在缺乏史學知識，一時想不起，只好拿出金古良的《無雙譜》來找，翻遍了全書，從張良到文天祥四十個人細細看過，覺得沒有一個可以當選。

從前讀梁任公的《義大利建國三傑傳》，後來又讀丹麥勃闌特思的論文，對於加里波的將軍很是佩服，假如中國古時有這樣一位英雄，我是願意崇拜的。就是不成功而身死的人，如斯巴達守溫泉峽（Thermopylae）的三百人與其首領勒阿尼達思，我也是非常喜歡，他們抵抗波斯大軍而死，「依照他們的規矩躺在此地」，如墓銘所說，這是何等中正的精神，毫無東方那些君恩臣節其他作用等等的渾濁空氣，其時卻正是西狩獲麟的第二年，恨不能使孔子知道此事，不知其將作何稱讚也。

我豈反對崇拜英雄者哉，如有好英雄我亦肯承認，關岳文史則非其選也。吾愛孔丘諸葛亮陶淵明，但此亦只可自怡悅耳。

（二十四年四月）

【附記】

洪允祥《醉余隨筆》云：「《甲申殉難錄》某公詩曰，愧無半策匡時難，只有一死答君恩。天醉曰，沒中用人死亦不濟事。然則怕死者是歟？天醉曰，要他勿怕死是要他拼命做事，不是要他一死便了事。」此語甚精，《隨筆》作於宣統年間，據王詠麟跋云。

十六　蛙的教訓

今天站在書架前面想找一本書看，因為近來沒有什麼新書寄來，只好再找舊的來炒冷飯。眼睛偶然落在森鷗外的一本翻譯集《蛙》的上面，我說偶然卻也可以說不偶然，從前有友人來寄住過幾天，他總要了《蛙》去讀了消遣，這樣使我對於那蛙特別有點記憶。

那友人本來是醫生，卻很弄過一時文學，現在又回到醫與自然科學裡去了。我拿出《蛙》來翻看，第一就是鷗外的自序，其文云：

「機緣使我公此書於世。書中所收，皆譯文也。吾老矣，提了翻譯文藝與世人相見，恐亦以此書為終了罷。

「書名何故題作蛙呢？只為布洛凡斯的詩人密斯忒拉耳（Mistral）的那耳旁

之蛙偶然蹲在卷頭而已。

「但是偶然未必一定是偶然。文壇假如是忒羅亞之陣，那麼我也不知什麼時候已被推進於納斯妥耳（Nester）的地位了。這地位並非久戀之地。我繼續著這蛙的兩栖生活今已太久矣。歸歟，歸歟，在性急的青年的鐵椎沒有落到頭上的時節。己未二月。」

所云機緣是指大正八年（一九一九）春間《三田文選》即三田文學彙編的刊行，《蛙》作為文選的別冊，次年六月再印成單行本，我所有的就只是這一種。據鷗外的兄弟潤三郎著《森林太郎傳》上說，在《蛙》以後刊行的書有《山房札記》，《天保物語》等二三種，都是傳記文學，只有一冊斯忒林堡的《卑立幹》是戲劇譯本，到了大正十一年隨即去世，年六十一。

我讀這篇短序，覺得很好玩的是著者所表示的對於文壇的憤慨。明治四十年代自然主義的文學風靡一時，凡非自然主義的幾乎全被排斥，鷗外挨罵最甚，雖然夏目漱石也同樣是非自然派，不知怎地我卻只記得他在罵人而少被人罵。

那時我們愛談莫泊三左拉，所以對於日本的自然主義自然也很贊成的，但是議論如「露骨的描寫」等雖說得好，創作多而不精，這大約是模仿之弊病也未可知，除《棉被》外我也不曾多讀，平常讀的書卻很矛盾地多是鷗外漱石之流。祖師田山花袋後來也轉變了。

寫實的《田舍教師》我讀了還喜歡，以後似乎又歸了佛教什麼派，我就簡直不了然了。文壇上風氣雖已變換，可是罵鷗外似乎已成了習慣，直到他死時還有新潮社的中村武羅夫謾罵一陣，正如坪內逍遙死後有文藝春秋社的菊池寬的謾罵一樣。為什麼呢？大約總是為了他們不能跟了青年跑的緣故吧。

其實叫老年跟了青年跑這是一件很不聰明的事。野蠻民族裡老人的處分方法有二，一是殺了煮來吃，一是幫同婦稚留守山寨，在壯士出去戰征的時候。叫他們去同青年一起跑，結果是氣喘吁吁地兩條老腿不聽命，反遲誤青年的路程，抬了走做傀儡呢，也只好嚇唬鄉下小孩，總之都非所以「敬老」之道。老年人自有他的時光與地位，讓他去坐在門口太陽下，搓繩打草鞋，看管小雞鴨小兒，風雅的還可以看板畫寫魏碑，不要硬叫子媳孝敬以妨礙他們的工作，那就好了。

有些本來能夠寫寫小說戲曲的，當初不要名利所以可以自由說話，後來把握住了一種主義，文藝的理論與政策弄得頭頭是道了，創作便永遠再也寫不出來，這是常見的事實，也是一個很可怕的教訓。日本的自然主義信徒也可算是前車之鑒，雖然比中國成績總要好點。把靈魂賣給魔鬼的，據說成了沒有影子的人，把靈魂獻給上帝的，反正也相差無幾。不相信靈魂的人庶幾站得住了，因為沒有可賣的，可以站在外邊，雖然罵終是難免。

鷗外是業醫的，又喜歡弄文學，所以自稱兩栖生活，不過這也正是他的強處，假如他專靠文學為生，那便非跟了人家跑不可，如不投靠新潮社也須得去鑽博文館矣。章太炎先生曾經勸人不要即以學問為其職業，真真是懂得東方情事者也。

（二十四年四月）

十七　關於考試

承徐先生送我一本小書，又引起執筆的興趣來了。書名「粵寇起事記實」，同治十三年刊，不著撰人名氏，但云半窩居士撰，卷末附記諸暨包村事，云吾鄉忠義大節，可知其為越人耳。書只二十七葉，雜記在兩粵所見聞諸事，其用意似在為廣西巡撫鄭祖琛辯解，故疑所言未必盡確，唯有幾則無甚關係的紀錄，卻頗有意思。如下：

「偽天王洪秀全姓名皆假，洪乃立會之號，以我乃人王四字合成秀全二字，借禾為我字。其真姓名賊中皆未詳知，惟聞其本姓鄭也。」

又云：

「予遊幕嶺南二十餘年，所到之處見兵役緝獲會匪到案，搜得賊之書籍，備載會中以洪字為號，相傳已久。予檢閱舊時案牘，所載相同，其黨初見問姓，答以本姓某，現姓洪，將洪字分作三八二十一，以為暗號，非始於赭寇也。」由此可知太平天國與洪門之關係。

又有一則說及太平天國的考試，惜未詳備，文云：

「秦都司之戚車某，忘其名號，江浦縣人，先為胥吏，被擄至金陵，應赭寇之試，中偽狀元。金陵將克之時逸出投誠，隨秦都司至楚，予見其人，身材文弱，無賊形也。問賊中考試之事，車某云，以天主教之語為題，亦試三場，每場作論一篇。予索觀其稿，鄙陋不通，極為可笑。」我真覺得可惜，那些稿論沒有能夠抄存下來，亦是沒法，只要能知道這是什麼題目，也就夠了。

可是別的材料也找到一點，乃是二百多年前闖王時代的事。陳濟生著《再生紀略》二卷，敘述他甲申三一九在北京遇難至六月初逃回江南的詳情，是日記式的，有幾則記賊中的考試云：

「三月二十六日，聞牛金星極慕周鐘才名，召試士見危授命論。又有賀表數千言，頌揚賊美，偽相大加稱賞。」

周鐘本是東林中人，現在上表頌賊，固然可怪，但是我覺得不可思議的倒是這論文題目，不知當時周鐘如何下筆耳。

「四月朔，偽府尹考試童生，出天與之題，考試生員，出若大旱之望雲霓題。次日即發案。

「初四日，牛相同宋企郊考試舉人，出天下歸仁焉，蒞中國而撫四夷也，自天祐之吉無不利等題。就試者約七八十名，大率本地舉人居多。初五日，偽相府揭曉，取實授舉人五十名。」

關於張獻忠的一時找不著，但於《寄園寄所寄》卷九裂眥寄中見有引用《亂蜀始末》的一節云：

「獻忠開科取士，會試進士得一百二十人，狀元張大受，成都華陽人，年未三十，身長七尺，頗善弓馬。群臣諂獻忠，咸進表疏稱賀，謂皇上龍飛首科得天下奇才為鼎元，此實天降大賢助陛下，不日四海一統，即此可卜也。獻忠大悅，召大受，其人果儀表豐偉，氣象軒昂，兼之年齒少壯，服飾華美。」

這裡沒有說考試題目，未免令我們有歷史癖的人稍稍失望，可是下文的故事很好，也就很值得一讀了。

這件事的結局是很浪漫的。

「次日（實在是第三個次日）獻忠坐朝，文武兩班方集，鴻臚寺上奏新狀元午門外謝恩畢，將入朝面謝聖恩。獻忠忽蹙曰：這騾養的，咱老子愛得他緊，但一見他心上就愛得過不的，咱老子有些怕看見他，你們快些與我收拾了，不可叫他再來見咱老子。凡流賊謂殺人為打發，如盡殺其眾則謂之收拾也。」結果自然是欽此欽遵，諸臣承命立刻將狀元張大受全家並所賜的美女十人家丁二十人盡數殺戮，不留一人。

張李洪三家的做法不一樣，雖然都是考試。張家似乎是《西遊記》裡的人物，或是金角大王之流，全是妖魔的行徑，所可取的就是這上諭煞是奇妙，在《西遊記》也很少這種幽默的點綴。李家卻是合於程序的，牛相到底不愧為不第秀才，題目也出得有意義，所考當然仍是八股文吧。

現代有歷史家聽說很恭維永昌皇帝，以為他是普羅出身，假如沒有被清兵轟走，一定可以替民眾謀福利，各人的信仰與空想本來盡可隨便，但據我從這考試上看來李家天下總也是朱元璋那一套而已。洪家的辦法最特別了，考試天主教的策論，表面上似乎是以西學為體中學為用，然而既然重視文字的考試，無論做的是經義或策論，總之仍是中國本色的考試，此殆可謂之教八股也。

（二十四年五月）

【附記】

清王用臣《斯陶說林》卷三云：「粵逆開科取士，偽鄉試共取三十人，其題云，皇上帝為天下萬國大共之父，人人是其所生所養，人人是其保佑。」惜不說明所據原書。六月五日又記。

十八　關於割股

割股是中國特有的事情，在外國似乎不大多。但是老實說，我對於這件事很不喜歡，小時候看任渭長所畫的《於越先賢像贊》，見卷下明吳孝子希汴的一張圖，心裡覺得很是討厭，雖然他是在割他的腳八椏子。後來讀民俗學的書，知道這與吃人的風俗有關，又從新感到興趣。

本來人肉有兩種吃法，其一是當藥用，其二是當菜用。當菜用又有兩類，即經與權，常與暫。古時有些有權力的人就老實不客氣地將人當飯吃，如歷史上的舂碓寨與兩腳羊，在老百姓則荒年偶然效，到得有飯吃了大約也便停止，如歷史上青州忠義之民逃往臨安，一路吃著人臘。當藥用的理由很簡明，雖然李時珍在《本草綱目》卷五十二人部中極力反對，但是他說，「後世方技之士，至於骨肉膽血咸稱為藥，甚哉不仁也。」可見這在方技之士是很重要的藥，而民間正是很信用他們的。

據王漁洋《池北偶談》卷二十三云：

「順治中安邑知縣鹿盡心者，得瘻痹疾，有方士挾乩術自稱劉海蟾，教以食小兒腦即癒。鹿信之，輒以重價購小兒擊殺食之，所殺甚眾而病不減。復請於乩仙，復教以生食，因更生鑿小兒腦吸之，殺死者不一，病竟不癒而死。事隨彰聞，被害之家共寘方士於法。」

俞曲園先生《茶香室續鈔》卷七引此文，以為士大夫而至於食人，可謂怪事，其實並不足怪，蓋他們只是以人當藥耳，至於不把人當人則是士大夫之通病也。

此下所引亦是順治康熙間事，見繆竹癡刻本明遺民吳野人《陋軒詩》卷十，題曰「吳氏」，有序云：

「吳氏名伍，安豐場人，嫁魯高。高父病篤，聞里人有割肉療疾者，以其事語家人，欲高效之也。時高亦病，婦乃慨然代高，引刀割左肱肉，刀利切骨，血流十二晝夜死。見者莫不悲之。」

詩凡十解，其四解云：

飲不宜湯液，啜不甘糜粥。

鬼伯促人命，鬼舅急人肉。

又九解云：

得肉舅乃愉，代夫婦乃死。

嗚咽家人哭，何人能贖爾。

吳野人蓋古之高士也，《陋軒詩》誠如《四庫存目提要》所說，「生於明季，遭逢荒亂，不免多怨咽之音」，然其溫柔敦厚則無可疑也，詩乃云得肉舅乃愉，豈不悲哉。此舅真太窮，惜不能如鹿盡心買肉吃耳，若其人蓋亦錚錚之士大夫歟。

第三件事真真湊巧卻也正是清初的，不，這事永遠會有，也永遠不能決定是那一天的事，因為這是一個笑話。

這見於石成金所編的《傳家寶》全集中，原書刊於康熙年間，所以我姑且說是清初，其實是在現今也很多有的。原文云：

「有父病，延醫用藥，醫曰，病已無救，除非有孝心之子割股感格，或可回生。子曰，這個不難。醫去，遂抽刀出，是時夏月，逢一人赤身熟睡門外，因以刀割其股肉一塊。睡者驚起喊痛，子搖手曰，莫喊莫喊，割股救父母你難道不曉得是天地間最好的事麼？」

列位莫笑，此子亦是太窮，買不起整個活人來送給他老太爺吃耳，若魯高還買得一個老婆可以替代，並此而無之者自然只好出於白割人家股肉之一途了。

割了人家的肉還叫他莫喊，似乎大有教貓腳爪去撈熱灰裡栗子的猴兒的手法，但是在相信人肉可醫病這一點上，他總也是方技之士的門徒，與鹿大令魯老爹同是贊成吃人的同志也。明太祖平生無一可取，只不准旌表割股割肝的孝子，可謂一線之明，這或者因為他是流氓出身而非士大夫之故歟？

（二十四年五月）

十九　情理

管先生叫我替《實報》寫點小文章，我覺得不能不答應，實在卻很為難。這寫些什麼好呢？

老實說，我覺得無話可說。這裡有三種因由。一，有話未必可說。二，說了未必有效。三，何況未必有話。

這第三點最重要，因為這與前二者不同，是關於我自己的。我想對於自己的言與行我們應當同樣地負責任，假如明白這個道理而自己不能實行時便不該隨便說，從前有人住在華貴的溫泉旅館而嚷著叫大眾衝上前去革命，為世人所嗤笑，至於自己尚未知道清楚而亂說，實在也是一樣地不應當。

現在社會上忽然有讀經的空氣繼續金剛時輪法會而湧起，這現象的好壞我暫且不談，只說讀九經或十三經，我的贊成的成分倒也可以有百分之十，因為現在至少有一經應該讀，這裡邊至少也有一節應該熟讀。這就是《論語》的《為政》第二中的一節：

「子曰：由，誨女知之乎，知之為知之，不知為不知，是知也。」

這一節話為政者固然應該熟讀，我們教書捏筆桿的也非熟讀不可，否則不免誤人子弟。我在小時候念過一點經史，後來又看過一點子集，深感到這種重知的態度，是中國最好的思想，也與蘇格拉底可以相比，是科學精神的源泉。

我覺得中國有頂好的事情，便是講情理，其極壞的地方便是不講情理。隨處皆是物理人情，只要人去細心考察，能知者即可漸進為賢人，不知者終為愚人，惡人。《禮記》云，飲食男女人之大欲存焉，死亡貧苦人之大惡存焉。《管子》云，倉廩實則知禮節，衣食足則知榮辱。這都是千古不變的名言，因為合於情理。現在會考的規則，功課一二門不及格可補考二次，如仍不及格，則以前考過及格的功課亦一律無效。這叫做不合理。全省一二門不及格學生限期到省會考，不考慮道路的遠近，經濟能力的及不及。這叫做不近人情。教育方面尚如此，其他可知。

這所說的似乎專批評別人，其實重要的還是借此自己反省，我們現在雖不做官，說話也要謹慎，先要認清楚自己究竟知道與否，切不可那樣不講情理地亂說。說到這裡，對於自己的知識還沒有十分確信，所以仍不能寫出切實有主張的文章來，上邊這些空話已經有幾百字，聊以塞責，就此住筆了。

（二十四年五月）

後記

去年秋天到日本去玩了一趟，有三個月沒有寫什麼文章，從十月起才又開始寫一點，到得今年五月底，略一檢查存稿，長長短短卻一總有五十篇之譜了。

雖然我的文章總是寫不長，長的不過三千字，短的只千字上下罷了，總算起來也就是八九萬字，但是在八個月裡亂七八糟地寫了這些，自己也覺得古怪。無用的文章寫了這許多，一也。這些文章又都是那麼無用，又其二也。我原是不主張文學有用的，不過那是就政治經濟上說，若是給予讀者以愉快，見識以至智慧，那我覺得卻是很必要的，也是有用的所在。可惜我看自己的文章在這裡覺得很不滿意，因為頗少有點用的文章，至少這與《夜讀抄》相比顯然看得出如此。

我並不是說《夜讀抄》的文章怎麼地有用得好，但《夜讀抄》的讀書的文章有二十幾篇，在這裡才得其三分之一，而諷刺牢騷的雜文卻有三十篇以上，這實在太積極了，實在也是徒勞無用的事。寧可少寫幾篇，須得更充實一點，意思要誠實，文章要平淡，庶幾於讀者稍有益處。這一節極要緊，雖然尚須努力，請俟明日。

五月三十一日我往新南院去訪平伯，講到現在中國情形之危險，前日讀墨海金壺本的《大金吊伐錄》，一邊總是敷衍或取巧，一邊便申斥無誠意，要取斷然的處置，八百年前事，卻有昨今之感，可為寒心。近日北方又有什麼問題如報上所載，我們不知道中國如何應付，看地方官廳的舉動卻還是那麼樣，只管女人的事，頭髮，袖子，襪子，衣衩等，或男女不准同校，或男女准同游泳，這都是些什麼玩意兒，我真不懂。我只知道，關於教育文化諸問題信任官僚而輕視學人，此事起始於中小學之舉行會考，而統一思想運動之成功則左派朋友的該項理論實為建築其基礎。

《梵網經》有云：「如獅子身中蟲自食獅子肉，非余外蟲，如是，佛子自破佛法，非外道天魔能破壞。」我想這話說得不錯。平伯聽了微笑對我說，他覺得我對於中國有些事情似乎比他還要熱心，雖然年紀比他大，這個理由他想大約是因為我對於有些派從前有點認識，有過期待。

他這話說得很好，仔細想想也說得很對。自辛丑以來在外遊蕩，我所見所知的人上下左右總計起來，大約也頗不少。因知道而期待，而責備，這是一條路線。但是，也可因知道而不期待，而不責備，這是別一條路線。我走的卻一直是那第一路，不肯消極，不肯逃避現實，不肯心死，說這馬死了，——這真是「何嘗非大錯而特錯」。

不錯的是第二路。這條路我應該能夠走，因為我對於有許多人與物與事都有所知。見橐駝固不怪他腫背，見馬也不期望他有一天背會腫，以駝呼駝，以馬稱馬，此動物學的科學方法也。自然主義派昔曾用之於小說矣，今何妨再來借用，自然主義的文學雖已過時而動物學則固健在，以此為人生觀的基本不亦可乎。

我從前以責備賢者之義對於新黨朋友頗怪其為統一思想等等運動建築基礎，至於黨同伐異卻尚可諒解，這在講主義與黨派時是無可避免的。但是後來看下去情形並不是那麼簡單，在文藝的爭論上並不是在講什麼主義與黨派，就只是相罵，而這罵也未必是亂罵，雖然在不知道情形的看去實在是那麼離奇難懂。這個情形不久我也就懂了。事實之奇恆出小說之上，此等奇事如不是物證儼在正令人不敢輕信也。新黨尚如此。

總之在現今這個奇妙的時代，特別是在中國，覺得什麼話都無可說。老的小的，村的俏的，新的舊的，肥的瘦的，見過了不少，說好說醜，都表示過一種敬意，然而歸根結蒂全是徒然，都可不必。從前上諭常云，知道了，欽此。知道了那麼這事情就完了，再有話說，即是廢話。我很慚愧老是那麼熱心，積極，又是在已經略略知道之後，難道相信天下真有「奇蹟」麼？實實是大錯而特錯也。以後應當努力，用心寫好文章，莫管人家鳥事，且談草木蟲魚，要緊要緊。

二十四年六月一日，知堂於北平。

文學大師精品集

永不褪流行的經典，不可不看的傳家巨著

在魯迅中吶喊，在蕭紅中生死，在林語堂裡煙雲……品味大師級作品，回味不朽經典！

【經典新版】

書目

魯迅作品精選集

01. 吶喊（含阿Q正傳）
02. 徬徨
03. 朝花夕拾
04. 野草
05. 故事新編
06. 中國小說史略

郁達夫作品精選集

01. 沉淪
02. 微雪
03. 遲桂花
04. 歸航
05. 水樣的春愁

林語堂作品精選集

01. 京華煙雲（上）
02. 京華煙雲（下）
03. 生活的藝術
04. 蘇東坡傳
05. 朱門
06. 風聲鶴唳
07. 吾土與吾民
08. 武則天傳
09. 紅牡丹
10. 賴柏英

蕭紅作品精選集

01. 呼蘭河傳
02. 生死場

徐志摩作品精選集

01. 翡冷翠山居閒話
02. 我所知道的康橋

朱自清作品精選集

01. 背影
02. 蹤跡

全館套書85折優待・單冊9折優待

郵撥帳戶：風雲時代出版公司　服務專線：02-2756-0949

郵撥帳號：12043291

周作人作品精選 3

苦茶隨筆【經典新版】

作者：周作人
發行人：陳曉林
出版所：風雲時代出版股份有限公司
地址：10576台北市民生東路五段178號7樓之3
電話：(02) 2756-0949
傳真：(02) 2765-3799
執行主編：朱墨菲
美術設計：吳宗潔
行銷企劃：林安莉
業務總監：張瑋鳳

初版日期：2020年6月
ISBN：978-986-352-834-0

風雲書網：http://www.eastbooks.com.tw
官方部落格：http://eastbooks.pixnet.net/blog
Facebook：http://www.facebook.com/h7560949
E-mail：h7560949@ms15.hinet.net
劃撥帳號：12043291
戶名：風雲時代出版股份有限公司

風雲發行所：33373桃園市龜山區公西村2鄰復興街304巷96號
電話：(03) 318-1378
傳真：(03) 318-1378
法律顧問：永然法律事務所 李永然律師
　　　　　北辰著作權事務所 蕭雄淋律師

行政院新聞局局版台業字第3595號 營利事業統一編號22759935

定價：240元

國家圖書館出版品預行編目資料

苦茶隨筆 / 周作人著. -- 初版. -- 臺北市：風雲時代,
2020.05　面；　公分. -- (周作人作品精選；3)

ISBN 978-986-352-834-0
1.周作人 2.回憶錄

855　　109004016